戴晨志

受用一生的陽光態度

挫折的背後，
都含藏著祝福

※本書原名：《少抱怨，多實踐》

目錄

輯三 要尋求突破，別平庸度日

輯四 行事要心細，才不會敗事

《自序》

說話，是有溫度的
——用陽光態度，成就精彩的自己

戴晨志

那是個下雨天，我要從台北搭高鐵到台南演講。濕雨的天氣，十分不方便，因我習慣將演講用的電腦、投影機、小音箱、各種連接線……都放在一個手拉的行李箱裡，又有公事包，所以手拎的東西還不少。

在辦公室樓下，我懶得撐傘，冒雨攔下一輛計程車，快步躲進車裡，也告知司機先生，前往高鐵站。

坐在計程車裡，我靜靜地，讓喉嚨、聲帶多休息。可是，後來我想到——待會兒司機讓我下車的地方，我必須拎著行李箱與公事包，淋著雨走大約二、三十公尺……天啦，我的西裝一定會濕掉！

此時，我的心盤算著——等一下我下車時，怎麼樣才不會淋到雨？

後來，我想到了好辦法；我開口對司機說：「司機先生，現在外面雨下得很大，等一下到高鐵站時，你可不可以直接開進地下停車場，讓我在那裡下車，這樣，我就不會淋到雨……現在車子進入地下停車場，只要在十五分鐘內開出來，就不必付停車費……」

「噢，我不要……以前就有乘客告訴我這樣，我就真的開進地下停車場，結果開出來還是要付費，害我多繳了停車費……」司機直接回答我。

「那是以前，一進入地下停車場就要收費，可是現在已經改了，十五分鐘內真的不用收費……你看，機場、醫院，很多地方都改三十分鐘內開出場，不收停車費……」我耐心的解釋。

「我知道機場三十分鐘內不收費，是沒錯啦，可是台北火車站這裡，我就被騙過一次，害我要多繳錢，我不想再受騙了！」司機冷冷地說。

此時，我愣住、語塞了。明明是公告不用收費，而且，前幾天我才來接送過朋友，未滿十五分鐘，是真的不用付費呀！可是，我再辯下去，也沒有用；只是看著車窗外的雨，依然下得很大。

「這樣好了，我多付你五十元，你也試著信任我、相信我所說的話；假如，十五分鐘內不用收費，多的五十元就算是送給你；但，假如需要收費的話，五十元就算我繳的停車費，這樣好不好？……」

我想，這樣總應該可以吧！可是，這中年司機還是冷淡地說：「不，我不要！我不想再被騙了……」

對話到這裡，我真的沒話說了，怎麼會這樣？幫我開車進地下停車場，讓我不會淋雨，也不會有損失，也可能多賺五十元，為什麼不要呢？

「好的，沒關係，那等一下我下車，自已淋雨進去，沒關係，謝謝！」

下車時，這司機看著我穿著西裝，手拎著公事包與行李箱，在大雨中，淋著雨，走過大馬路……到了台北車站大廳，我拍拍頭上、身上的雨水。

說真的，我心裡沒有不高興，因為，我遇到了一個很棒的「人」和「故事」，他讓我多了一個「負面溝通」、「悲觀態度」的好題材！

其實，我們每個人，不管在什麼工作崗位，我們都是一個「品牌」，我們都可以「看好自己」，用喜悅的陽光態度，來幫助別人，也做一個令人愉悅的「形象大使」。

所以，星雲法師曾說，人際互動要記得「四個給」——「**給人信心、給人希望、給人歡喜、給人方便**」；而我也再加上「四個給」——「**給人肯定、給人讚美、給人溫暖、給人鼓勵。**」

其實，「**說話，是有溫度的。**」只要給別人一句溫暖的話，別人就會歡喜、感恩在心；但，若說出的話，是冰冷的、冷漠的，或只一直陷在「曾經被騙的陰影」之中，而不願用陽光態度來助人，則對自己也沒什麼好處啊！

另有一次，也是個下雨天，我在辦公室沖了澡，也換了一套西裝，前往一家公司演講。因為那家公司沒多餘的停車位，所以我就帶著電腦設備，攔了一輛計程車上路了。

計程車司機看了我的打扮，問我做哪一行的？

我簡單地回答：「教教書，也接一些演講……」

不到十分鐘，我的目的地快到了，我順手摸摸西裝褲的小口袋……天哪，完了，這下完了！我真的完蛋了……

我愣了一下，心想，還是要勇敢地告訴司機吧！於是，我鼓起勇氣，對司機說：「老哥，對不起，我要很誠實地告訴你，我忘了帶錢出來……出門前，我洗了個澡，換了一套西裝，我的錢，真的忘了拿出來……」

哎呀，真是丟臉、尷尬！我很誠懇地對司機說：「我絕對不是故意騙你的……你可不可以給我你的手機號碼，我現在趕著去演講，等演講完後，我一定會和你聯絡，再把錢還給你，好不好？」

司機轉過頭來，看我一眼，也看到我臉上的焦慮和糗態，立刻說道：「**我相信你，你是真的忘了帶錢……沒關係，才一百二十元而已，你不用記我的手機，也不用還我錢，你趕快去演講吧！每個人都會有忘記的時候……**」

媽呀，聽了這司機的話，我心裡真是亂感動的。他堅決不告訴我手機號碼，只告訴我：「外面下著雨，你走路要小心點，一百二的小錢，不用放在心上……」

我下了車，只見他開著車，消失在台北市的街道上。演講的時候，我告訴大家，剛才，外面下著雨，但我卻遇見了陽光——一個令人感動與溫暖的「陽光態度」。

「幫助別人、有意義的快樂，一定會帶來心靈的滿足。」

「凡事正面思考、能為別人服務，是快樂、是福份，也是讓自己生命更有意義的『陽光態度』啊！」

《後記》

本書原名《少抱怨，多實踐》，因出版社合約到期，而重新編輯、設計，再出版，也改名《受用一生的陽光態度》，讓本書有個重新的美麗與生命。

感謝「時報出版公司」的大力支持和用心的編排，也期待本新書，能帶給讀者們，有全新的面貌和感受。

輯一

挫折的背後，都含藏祝福

❶ 勇敢跨前一步，手上的劍就更長了

- No magic, just basic!
（沒有魔法，只有基本功）
- 成功，沒有奇蹟，只有一次又一次失敗的累積。

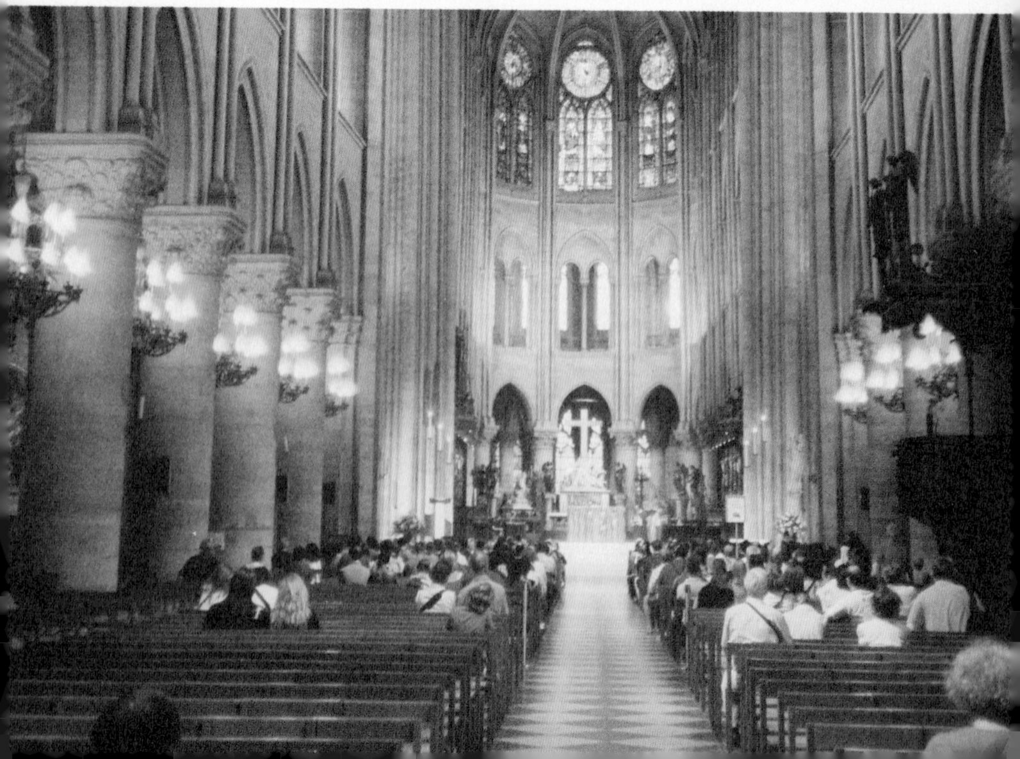

有一次，我開著車子到宜蘭市某一國中，校方安排我在大體育館裡，進行兩場千餘人的大型演講會。幾天前，我就請該校輔導組長準備約一百八十吋的大螢幕，以方便我使用電腦和投影機。可是，該組長在電話中苦惱地對我說：「戴老師，我們體育館裡沒有那麼大的螢幕啊！」

「可以借得到嗎？或用租的？」我問。

「我問過很多單位，都借不到那麼大的螢幕；用租的話，要一萬多元，我們學校沒有這筆預算啊……」輔導組長苦惱地說。

那時，我也有點無奈；因對我而言，在面對一千多名學生演講時，我希望有個大螢幕，能秀出我準備好的文字和動態畫面，來和學生分享。後來，我就對該組長說：「你自己想辦法好了，我相信，你一定可以做到！」

演講當天，我抵達那所國中，一進入體育館時，我大吃了一驚；因為，他們竟然已用克難的方式，自製了一個一百八十吋的超大螢幕，吊掛在演講舞台的前方。

該校校長、主任很開心地對我說：「戴老師，這是我們組長自己去布莊買白布、買竹竿，自己裁剪縫製，克難做成的大型螢幕！這螢幕的樣子不是那麼美觀，不知道這樣可不可以？……」

當時，我……我真是超級感動，不禁轉過頭，對該輔導組長說：「哇，你真是太棒、太厲害了，使命必達！」

此時，那帥帥的組長說：「沒有啦，這是我該做的！本來我是想放棄，可是，戴老師您在電話裡告訴我說：『我相信，你一定可以做到！』就因這句話，我就想，我一定要想辦法克服困難，完成這項任務……現在，終於做出來了，我也很高興……」

成敗靠用心，輸贏靠細心

過去幾年，我也曾多次開車到高雄市、位於深山內的「六龜育幼院」，靜靜地參訪院內的設施、看看天真可愛的院童，也靜坐在小教堂內，享受寧謐的安詳氣氛。

有一次，當我走在該育幼院的行政走廊時，我看到牆上貼著一大張紅色海報，上面寫著：

賀本校校友周ＸＸ同學（六龜育幼院）
參加大學推薦甄試
高分錄取國立台灣大學中文系

站在這張海報前，我用心看著、端詳著，眼睛竟然模糊、濕紅了！我用相機，拍下了這張海報，做為自我的激勵和紀念！

育幼院中的孩子們，大部分都是沒有爸爸、媽媽，或家庭遭遇重大變故；育幼院的對外橋梁，也經常因為颱風侵襲而斷裂、交通中斷，而陷入無援之境。但，即使出身育幼院、沒有依靠，但他們都必須靠著自己不停的努力、奮鬥，才能出人頭地、脫穎而出，而使自己更加傑出啊！

然而，在家庭富裕、或父母呵護備至中成長的我們，還不夠用心、不夠努力、不夠專注，以至於我們的表現平庸、差強人意，而還沒有做到令人「刮目相看、讚譽有加」的傑出地步！

所以，想成功，不要問——「會不會」？而只要問——「要不要」？一個人，只要有積極向上、愈挫愈勇的陽光態度，就沒有通不過的難關啊！

【戴老師陽光祕笈】

有人說：「成敗靠用心，輸贏靠細心！」

是的，我們都必須讓自己「每天進步５％」——減少吃喝玩樂、懶散懈怠的心，多學習成長，而逐漸成為一個「超越自己的贏家」！

真的，只要勇敢地告訴自己——「我相信，我一定可以做到！」那麼，就沒有

事會難倒我們。

因為，「信心和毅力」一定會帶領我們，走向傑出的坦途！

有一位斯巴達的勇士，在被問及「他一生中受益最多的人和事是什麼」時，他回答說，是母親給他的一句話。

是哪句話呢？……這鬥士說，他在年輕時，才剛剛學習擊劍，可是，當他把劍刺向對方時，根本還沒刺到，對方的劍早就已經快速地刺到自己身上了。

「唉，誰叫我的劍太短了！」

「不，兒子，你只要再前進一步，你的劍不就長了嗎？」他的母親回答說。

對，只要勇敢地再前進一步，自己手上的劍，就會更長了！

只要多付出一小時，我們也就會多學習一小時；

只要多做一件事，我們也就多學會一件事。

如果，我們只是失神、發呆地枯坐著，時間不也一樣過去！

・心・靈・書・籤・

每個失敗、挫折的背後，
都含藏著美好的祝福。

我們不一定會贏在「起跑點」，
但，我們都可以贏在「轉捩點」！

「把嘲笑，當激勵！」
也把別人的噓聲，當成是惕勵我們前進的加油聲！

②

只要肯再出發，永遠不嫌遲

●想贏，就要先認輸，再求突破！

●人生如果沒有冒險犯難、勇敢奮進，怎會有成就？

多年前，曾抽空去看了一部電影《我的希臘婚禮》。

在戲裡，女主角是移民美國的希臘人，她在傳統的家庭中長大，父母只希望她能在自家開的希臘餐廳裡工作就好，不必在外抛頭露面。所以，這有些臃腫的女孩，每天不太打扮、穿著普通的衣服，在自家的餐廳裡，為客人們點菜、倒水、送菜……

可是，後來這女孩認為，她的生命不應該如此，不能天天都做一樣的瑣事，而沒有進步、沒有改變；她不想平凡度日，她要突破生命，所以她央求父母，讓她到大學修課，學習電腦、拓展視野，也讓她有電腦管理的知識。

不久後，這女孩因著學會電腦，並將其技能與旅遊結合，最後使她任職的旅行社業務大幅增長。

當然，這女孩也因厲行減肥、改變髮型、改變服裝穿著，讓她徹徹底底地「改頭換面」，而成為亮麗迷人、風情萬種的女孩，也因此，她嫁給了她的美籍帥哥丈夫，並有個特殊的「希臘婚禮」！

改變，就要「敢變」！

成功，不是靠「夢想」，而是靠「實踐」！不是嗎？

不改變，就會原地踏步

我有位朋友，在鄉下小學裡當十二年的老師。

有一天，他突然覺得自己的生活怎麼總是一成不變，沒有新鮮感？他，累了，不想教書了。

可是，要做什麼工作呢？他想想，去學「中醫」好了，當個中醫師，中醫可以幫助很多人啊！然而，他的內心也有掙扎——「要辭掉教職、沒有薪水，將來也沒有退休金；而且，至少要四年才能學會中醫，到時候，人都已經是四十二歲了！」

此時，他的朋友對他說：「話是沒錯啦……可是，你如果沒去學中醫，四年以後，也照樣是四十二歲啊！」

就這麼一句話，他真的辭掉教職，全心全意鑽研中醫；四年後，他也果真拿到了中醫師的執照，懸壺濟世，而且醫術十分高明。現在他的醫院天天人滿為患，忙得不可開交。

想拍手，就勇敢大聲拍

曾有一年輕人在演講之後告訴我：「戴老師，您的演講真棒，讓我好感動，我有好幾次，都忍不住想拍手……」

「那你就拍啊！」我笑笑地對他說。

可是，他回答：「我不敢！沒有人拍手，我哪敢拍？」

是的，人常常「不敢」，怕別人笑，也怕別人的異樣眼光。

生活中，我們不妨用心想一想：「我最想做什麼？……我有沒有什麼心願和夢想？……若有，就勇敢去做！就像——想拍手，就大聲拍手、勇敢拍手；想學中醫，就義無反顧地、全心全力去學中醫；想改變造型、想讓自己的內外都亮麗耀眼，就勇敢去嘗試！」

我們不能——「門是開的，心卻是關的。」

我們也不能——「關上心門，而讓自己一直當一隻井底青蛙呀！」

想贏，就要先認輸，再求突破

過去，年輕的我，為了一圓留學夢，托福一再地考，考了五次、六次、七次、八次。曾有學生問我：「戴老師，你怎麼會有考那麼多次的勇氣？」

我想……那時，我真的是輸了，我認輸了；可是，這個輸，是為了未來的贏啊！先認輸，再埋首苦讀、努力裝備自己，再求突破，又何妨？

在離開華視記者之職時，我脫下光鮮亮麗的西裝，穿上牛仔褲、球鞋，到美國攻讀博士，我……我真的是輸了，似乎一無所有！可是，這個輸，暫時的輸，也是為了將來的贏啊！先認輸，再重新打造全新的自我，又何妨？

後來，我離開世新大學系主任教職，沒有任何職稱、頭銜，也沒有薪水、沒有年終獎金，將來也不會有退休金；我，只想當個自由的寫作者、演講者，我……我真的是輸了！

可是，這個輸，也是為了將來的贏啊！先認輸，再讓自己「沉潛、蛻變」，進而重新出發、再求奮進，又何妨？

真的，人要靜心想一想——**「我想要什麼？想做什麼？想成為什麼？」**想好了，就勇敢地凝聚全副精神，向目標全力衝刺、前進！人，不能一直窩在舊有的環境，而沒有創新、沒有突破啊！

而且，不只是要**「知道」**，還要**「做到」**啊！

一生罹患肌肉萎縮、無法行走的生命鬥士朱仲祥，生前曾趴在床上對我說：「他最大的夢想，是趴在紐約聯合國大廳，用英語發表演說！」

可惜，他的夢想還沒實現，就離開人間了。不過，我永遠記得他所說——

「一個人的態度，決定他的高度！」

「只要有呼吸，就有希望！」

是的，「希望」是追求理想的第一步，「勇敢」更是突破自我生命的力量！

【戴老師陽光祕笈】

在汐止，有位邱小姐，原是學美術設計，畢業後進入了貿易界；她在公司長官的慫恿之下，投下多年積蓄來創業、另開公司。可是，她因不諳票券和法律，最後背下六千萬元的債務。

怎麼辦呢？邱小姐變賣房子，也向親朋好友借款，先還銀行四千萬元；接著，她向觀光夜市租攤位，賣起刨冰。過去學設計、跳芭蕾的邱小姐，咬緊牙關，在大熱天賣刨冰；但她的刨冰真材實料、味道獨特，生意蒸蒸日上。有時，生意稍微清淡，她也主動聯繫附近的公司行號，一家家做外賣服務。

您知道嗎？賣冰四年下來，邱小姐賺了兩千萬元，讓她還清債務，也受邀向「勞委會職訓班」的學員，講述她創業的辛苦過程。

其實，「人不怕笨、不怕醜，只怕懶、只怕沒方向。」

生活中總有挫折，但，「與其閃避、畏懼、排斥，不如正面迎上！」

因為，在遇到阻礙時，換個方式、拐個彎，事情慢慢就能解決；就像遇到一塊大石頭，我們不一定要把它搬開，我們可以學習「隨著風轉、順著水流」，可以試著繞過大石頭啊！

台積電董事長張忠謀說：「創新，是被逼出來的！」因為，如果不創新的話，就無法和周遭的人競爭！而創新，就必須先從「舊有框框」裡跳脫出來！

的確，有些人陷在舊有的「思維和框架」之中，不知跳脫，以致平庸一輩子。所以，天生有才華的人，未必就有成就；很多人都是在重重壓力下、逼迫下，勇於改變，才能迸出內在的潛能呀！因此——

「肯再出發，永不嫌遲。」

「先認輸、再求突破，就能贏！」

而且，要告訴自己：「失意的我，已在昨夜卸下，今天開始的我，一定會更好！」

・心・靈・書・籤・

我們可以選擇討厭雨天，也可以選擇在雨中跳舞。

（美國作家　瓊安・馬奎斯）

如果你現在做的，不是你喜歡的事，就別再做下去；
若等到四十多歲再來思考，就太晚了！

（諾貝爾化學獎得主　威凱羅）

我們必須接受失望，因為它是有限的，
但我們不可失去希望，因為它是無限的！

（美國民權運動領袖　金恩）

③

你若有心，十萬里路也不算遠

● 成功的人，永遠比一般人擁有更多的工作熱情！

● 自己應為之事，勿求他人；今日應為之事，勿待明日。（國父 孫中山先生）

記得二十多年前，我在美國威斯康辛州密爾瓦基市念碩士時，由於「電腦繪圖」教室裡的專業電腦數量有限，但想要選修的學生很多，常造成僧多粥少、一位難求的情況。

一次，我們有幸選上此課的同學，在第一堂課時間未到之前，都已坐在椅子上，而教授，也已守候在門口了。

做什麼呢？教授在等上課鈴一響完，就把教室的門關起來，清點人數，遲到的同學就「失去選修此課的資格」；後來，教授就將空出的機會，讓給那些已在現場 stand by、等候遞補選修的同學。

「怎麼會這麼不通情理？我只是遲到一分鐘而已……我已經選到這門課了呀，怎麼不讓我上課？」有些同學被擋在門外，企圖和任課的教授大聲理論。

「No excuse! 沒有理由、不用辯解，因為你遲到了，你的位子已經被別人遞補了！這就是我的 Rule（規則）；不管你高不高興，只要你想來上我的課，你都必須遵守我的規則，因為，你不能遲到，你要看重這堂課……」

這教授絲毫不讓步，嚴格堅守他多年來一貫的原則。

為自己行為負責，別為失敗找藉口

在我們的一生之中有許多原則、規定，不管我們高不高興，我們都必須遵守。例如，在聯考中，即使只差零點一分，也就落榜了，能找誰理論？在應徵、求職面談時，對方也不說你差幾分，沒錄取就是沒錄取，誰會給你理由？

有一次，我去拜訪一位公司總經理，遲到了十分鐘；當我到達辦公室時，他竟已經離去。怪誰呢？怪他嗎？不，怪自己！絕不能有什麼塞車的理由。

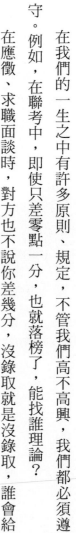

我印象很深——在世新大學任教時，我曾經很狠地，把一位「三次抽點未到」的女生當掉了！她，當然很恨我。不過，一學期之後，這女生又來選修我的課；我很訝異，問她為什麼又來選修我的課？

這女生勇敢站起來說：「謝謝戴主任把我當掉，讓我知道當學生的態度不能太隨便！以前，我常睡得很晚，常無故缺課；現在，我都很用心地上每一堂

PASS

課……我已經不再恨你了！」哇，我聽了，真是亂感動一把的！

其實，漠視自己的錯誤，也常為自己的錯誤找理由的人，是最不智的；多省思自己的錯誤，勇敢承認，進而改過、改變，就是成功人生的「轉捩點」啊！

「成功的人，常為自己找方法；失敗的人，常為自己找藉口」，不是嗎？

【戴老師陽光祕笈】

廣達電腦董事長林百里先生曾在演講會上說，他剛剛創業第五年時，有個美國人要向他買計算機，約好某日早上七點在紐約辦公室見面。為了省錢，林百里坐了半夜到達紐約的班機；到了紐約，他不敢睡覺，因怕睡過了頭。

後來，林百里就在那美國人的辦公室外頭等，等到大門開了，又進去繼續等。林百里餓著肚子，等到下午一點鐘，才見到那美國人。

見了面，林百里拿了一個計算機給那美國人看，可是，那美國人居然把那計算機丟到地上；林百里低著頭，彎著腰，將計算機撿起來說：「It's still working, very good quality.」（它還可以用，可見品質很好）。

後來，那美國人想把計算機的價錢從美金五元殺到三元，但林百里堅決不肯，最後，還是以五元美金成交。

看到這段故事，我好感動；剛創業，為了生意，林百里必須比「準時」更為提前到達，而在外頭一直枯等；為了生意，他必須忍著飢餓、忍著屈辱，彎下腰，陪笑地將計算機從地上撿起來……

真的，我們都必須用嚴格的高標準，來要求自己，凡事「提前開始、提前完成」，絕對不能拖、拖到最後；也不能匆匆忙忙、敷衍了事交差。

因為，「太急、太趕、太緊張，絕不能表現出最棒的自己」。所以，今天可以做的事，絕不能拖延至明天，因為，拖延時間是「光陰的賊」呀！

事實上，成功的人，永遠比一般人擁有更多的「工作熱情」，也比一般人做得「更多、更快、更勤」！

相反地，凡事都寄望於明天的人，將會有無數的明天，也會一事無成。

・心・靈・書・籤・

- 你若有心，即使十萬里路也不算遠；你若無心，即使近在隔鄰也走不到。
- 拖延是一種「心病」，它將使事情愈拖愈多、也愈拖愈糟。
- 機會，是留給提早用心準備的人；準備愈多，機會愈多！

④ 勇敢面對絕境，才能絕處逢生

● 生和死，由上帝決定；活得精不精彩，由自己決定。

● 人的夢想，不是拿來用想的，而是拿來實現的！

在一場我的演講會快結束前，一位頭髮斑白的老太太，主動地舉手，把我演講中的重點，複誦給大家聽，並陳述了她的聽講心得。她是個很用心聽講、勤寫筆記、勇敢表達的聽眾。演講結束後，在閒聊時，這老太太走過來跟我說：「戴老師，你知道嗎，前一陣子我已經死掉，卻又活回來了！」

「啊，妳怎麼會死掉，卻又活回來了？」我訝異地問道。

這老太太對著我們在場的人說——她年紀大了，身體不太好，常看醫生；有一天，突然心絞痛，痛苦死了；她先生看到她心臟病發作，趕快開車載她到附近的醫院急救。一進了急診室，她已經痛得受不了，整個人都昏迷了！

「這時候，我看到我自己的靈魂，慢慢地從我的身體離開，一個人緩緩地，飄呀飄，飄在天花板上……」老太太對著大家說：「你知道嗎，我就像看到電影『第六感生死戀』一樣，自己的魂飄在半空，眼睛卻看到——醫生正在為躺在病床上的我，不斷地電擊……那時，我心想——咦，我這樣的『靈魂出竅』，我不就是死掉了嗎？」

在這演講會場，人群已經逐漸散去，老太太的這些話，讓我們聽得有點毛骨悚然，雞皮疙瘩都跑出來了！

盡己之力，學習做人做事，勇於承擔

「後來呢？」我問。

「後來，我還是飄浮在半空中，看著下面的醫生、護士一直幫我急救……那時，我突然想起，我曾有一些朋友叫我要信基督教。因為他們說，信了基督教後，人如果死了，天使、耶穌才會來接你，天堂的門才會為你打開……

「可是，也有一些信佛教的朋友對我說，我一定要信佛教，要常念阿彌陀佛；因為，這樣人死了以後，阿彌陀佛才會來接引我到西方極樂世界。可是，那時我抬頭一看，我的頭上，只有天花板頂著……天哪，慘了，完蛋了，沒人來接我……我要去哪裡？……我只能孤零零地飄浮在天花板上嗎？

「就在那時，我的眼前呈現了我從小到大，從求學念書、談戀愛、結婚生子、教養子女、努力工作……的影像。好奇妙哦，我看到一部像是我一生的電影……我心想，好了，這一生，我已盡到我最大的努力了。我的心已了無遺憾了，心安了！於是，我把眼睛閉上了，因我心安，也就安心、放心了！

「可是，你知道嗎，我才一想到『安心了、放心了』，我忽然看到，我的靈魂，又慢慢地從天花板降了下來，又回到我的身體、軀殼裡了！這時，醫生急救成功了，我也奇蹟似地醒了過來！原本，我先生和孩子們，都圍在我身旁一直哭泣，沒想到，我竟好好地醒了過來……」

「啊，妳這樣子就好了？」我驚訝地問。

「對呀，醫生叫我隔天還要回去複檢，可是我說：『不用了，我好了！』從那時候到現在，我的心臟病都好了！」這老太太笑得很燦爛地，又說道：

「所以呀，我要努力再學習、再充實——人要把握今生，不斷地學習，才不會白活、也才不會再害怕……而且，我已經死過一次，我知道，一定要好好利用時間，讓我這一輩子，活得更好、更漂亮！」

努力讓「這輩子」活得更精彩

在一個相信「輪迴」的國度裡，有一個三十多歲的修行者，天天居住在鑿成的山洞小屋中，不停地靜修、敲木魚、誦經、上香、膜拜……他，幾乎是足不出十步遠；而他每天的飲食，都由他的兄弟姊妹來輪流供養。

後來，有人問這修行者：「你修行多久了？」「我修行十五年了。」

「為什麼要以這樣的方式修行呢？」

修行者不加思索地回答：「這樣子，我的下輩子就會更好呀！」

修行，就能讓「下輩子」更好？我……我不知道，也不敢相信！

而且，我更懷疑——為什麼自己不讓「這輩子」更加地自立自強、奮勇向前、突破自我，做出亮麗成績，而要等、等、等、等……等到「下輩子過得更好」——那是一個不確定的「下輩子」呀！

真的，我們一定要努力地使「這輩子」活得非常好、非常棒，而不能敷衍自己的此生，卻寄望於未知的「下輩子」啊！

【戴老師陽光祕笈】

曾有報載，一個印尼華僑女孩梅莉莎，父親過世，母親靠打工維生，無力撫養她，就將她送到台灣宜蘭的阿姨家，請阿姨代為照顧。當時十四歲的梅莉莎進入小學四年級就讀，完全不識國字，一句中文也不會說，上課時，只能呆坐椅子上；下課時，也害羞地躲在牆角。

然而，梅莉莎憑著信心，勇敢地走出低潮，慢慢學習中文，也勇敢參加演講比賽，甚至當選為宜蘭縣「模範兒童」，亦榮獲學校頒贈的「五育獎」。

兩年後，她又因傑出的表現，榮獲第二屆「總統教育獎」。

在頒獎典禮上，沒有雙親前來共享榮耀；她，一個印尼來的小女孩，在領獎後，羞澀地用中文說道：「感謝天主，感謝台灣的爸媽、印尼的爸媽，以及所有關心她的老師和同學們……」梅莉莎話還沒說完「謝謝」，眼淚就從眼眶中迸流出來！

人，在這輩子，都必須「逆著強風、迎向挑戰」，並「喚起心中的夢想」，活

出精彩的自己。

因為，「人的夢想，不是拿來用想的，而是拿來實現的。」

一個只寄望「下輩子」的人，只是逃避現實、不敢面對今生的自己啊！我們都要勇敢面對困境與絕路，才能「絕處逢生」啊！

我們的生命，都不能自我設限，要讓自己「愈活愈帶勁、愈活愈燦爛」啊！

‧心‧靈‧書‧籤‧

● 或許有一時的僥倖，
但，絕對沒有永遠的埋沒！

● 每個人，都是自我生命的建築師。

● 人要好好的生，也要好好的活；
帶著樂觀和積極，死亡只是人生的完美句點。

5

欣賞對手，不嫉妒別人比我好

● 你是鐵鎚時，就應奮力敲擊！

● 要懂得如何進攻，也要懂得如何撤退！

在華視當記者時，我被長官指派跑「司法新聞」和「警政社會新聞」，所以，每當有重大車禍、凶殺案或火災時，大家就比速度，看誰比較早到現場？

您知道嗎，社會記者是最無聊、卻也是最刺激的，因為「搭飛機」出國沒有我們的份，可是「摔飛機」時，我們就得衝跑在最前面！

而司法新聞也是很特別，記者每天在法庭外面擠啊擠，一下子抓到槍擊要犯啦，一下子股市大亨被抓啦，一下子政治人物被告啦，或是某個藝人出庭啦，或是哪裡又有示威抗議、遊行、靜坐……天哪，司法記者「天天為別人守候」，守在法庭外，就只為了那一、兩分鐘的電視新聞畫面。

那時，我好羨慕那些「主播」，每天在電視上露臉，而不必累得像狗一樣，天天在外頭跑新聞；或是，最好能被指派到去跑「國會新聞」，天天窩在立法院裡，看立委吵架、打架，或罵罵政府官員——多輕鬆啊！不必在大熱天，跑去採訪凶殺案、火警、車禍、空難或等待犯人。

可是，我沒辦法，長官就是指定我跑「警政、社會、司法」新聞，我只能順從。大概，是我的條件比較差，臉比較胖、比較不帥，或是聲音還不夠好，所以，我從來就沒有上過「主播台」。

其實，我們都是凡人，在工作中都有低潮，尤其看著一些同事，都坐上主播時，心裡自然會有些不平衡；不過，我試著告訴自己——**「我可以羨慕別人比我好，但，我不要去嫉妒比我好的人！」**畢竟，別人也有比我棒的才華、優勢和努力呀！

多做多學，絕不會吃虧

後來，我連續跑了不少社會、警政的獨家新聞，包括「四名死刑犯集體被槍決」的全國大獨家，所以，同事們給我取個外號——「戴獨家」和「戴鋼盔」（衝鋒陷陣），而高層長官更是多次頒發「獨家獎金」給我。

當記者、跑新聞，真的很辛苦、很累，有時不免心裡會埋怨——怎麼又是我去跑示威遊行、警民衝突、或土石流沖垮民宅……的新聞？可是，「多做一點，是不吃虧的！」多做一點，就多一些經驗，也就多一些表現機會呀！

換顆心想想、也轉個念頭——長官叫我去做，就是信任我，要我好好表現，我為什麼要抱怨、要嘀咕呢？

所以，前亞都麗緻飯店總裁嚴長壽曾說，凡事要「逆向思考」，也要學習「垃圾桶哲學」——專門撿一些別人不願做的事，反而更能學到許多意想不到的經驗！

肯定自己、欣賞對手，必能廣結善緣

英倫三島作家佛羅里歐曾寫過一句名言：

「你是鐵砧時，應屹立不搖；你是鐵鎚時，應奮力敲擊。」

的確，人必須接受磨練，才會成長！假如，長官不交付、不指派工作給我們做，讓我們天天輕鬆、納涼、喝茶、看報……豈是一件好事？這，是被當成「空氣」、「坐冷板凳」呀！

說真的，當長官「不理我們、不叫我們做事」時，我們豈不是完蛋了？正如，鐵鎚被閒置一旁，不再被拿來奮力鎚打、敲擊時，再棒的鐵鎚又有什麼用？

所以，就像「垃圾桶哲學」，我們不能「推著做」、也不能「怨著做」，而是要甘心樂意地「搶著做」！

因為，只要心存熱愛工作的心，努力地「搶著做、用心做」，就一定會有驚人、傲人的成就呀！

美國國務卿鮑爾將軍，在他《我的美國之旅》一書中說：「假如你不在乎功勞、榮耀歸誰的話，所有的成就，都可以是沒有限量的。」

的確，人只要能夠「肯定自己、欣賞對手」、「不嫉妒別人的好」，也在工作上，心存喜樂地「搶著做、用心做」，則必能廣結善緣，也必能得到長官的肯定和賞識！

【戴老師陽光祕笈】

在一場校園演講之後，一名女大學生舉手發問：「戴老師，我們訂的目標，如果做不到，是要一直堅持到底？還是要調整方向，重新訂個目標？」

這個問題，真的有些弔詭。因為，我們一直說，要朝著目標鍥而不捨、永不放棄、堅定不移地前進，可是，有些目標明明是做不到呀！

比如，我原本想做電視記者，再成為名主播，可是，能不能當上名主播，可能不是我自己能夠決定的。於是，我放棄了！

其實，「修正目標」並不是什麼丟臉的事，我有很多的事都可以做啊！要教書、要比創意、要做節目、要做廣播、要寫作、要演講……很多工作我都可以做，不一定「只要在某一個位子上」爭來爭去。

所以，我「修正了目標、改變了願景」，走了一條原本沒有想到的路——繼續進修、再求轉進。

是的，或許當時會有些失望，但是，失望背後更有「希望」；絕望的身旁，就是希望呀！不如意之事，常給我們開創再造之機啊！

美國國務卿鮑爾曾在自傳中說：

「打一場仗，不是只要想怎麼打，而且還要想怎麼退？」

「要懂得如何進攻，也要懂得撤退！」

有時，人會訂了很高的目標，讓自己拚命地去衝；可是，萬一做不到，就心灰意冷、或全盤放棄。

其實，「朝令有錯，夕改何妨」？修正方向和目標，再求突危、轉進，亦能達到成功之境呀！

·心·靈·書·籤·

- 不要「推著做」、不要「怨著做」，而要甘心樂意地「搶著做」、「用心做」！

- 一個人最好的運氣和最大的福分，就是有人付薪水，請他去做衷心喜歡的工作。

（美國心理學家　馬斯洛）

- 「競爭存在於內心。」我努力做到比「好」還要更好，我對抗的是我自己，而不是別人。

（已故義大利男高音　帕華洛帝）

❻

讓自己發光，你就是名牌

• 「用心做、不懶惰」，生命就會有繽紛的色彩。

• 用心準備是最重要的；諾亞不是下大雨之後，才開始造方舟的。（股神　華倫・巴菲特）

由於寫作的關係，出版社偶會安排我上媒體，希望能為新書多做些宣傳。

多年前有一次，我依約到達某大廣播公司時，那知名的男主持人，一直不見蹤影。大約十五分鐘後，他才匆忙、氣喘地趕進錄音室。人終於到了，開始錄音了！

這主持人念了一下助理為他準備好的文稿之後，就說：「接下來，我們今天很高興為大家邀請到一位名作家『戴志晨老師』到我們現場，來接受我們的訪問……」

我一聽，傻愣在那邊，怎麼，這主持人幫我改名字了？

當場，我對主持人說道：「對不起，我打個岔，您把我的名字念錯了，我們是不是可以重來一次？……」

主持人聽了，很不好意思地說：「噢，對不起、對不起……是我看錯了！」

等到我們兩人的心情稍微平復之後，錄音師指示我們，再重錄一次。

這次，他終於把我的名字念對了。

可是，他問道：「戴老師，請問，您寫這本《圓夢高手》是不是您的第一本書？您為什麼要寫這本書？……」

聽到這裡，我的心真的冷了。

我想了一下，終於鼓起勇氣說道：「對不起，我想，我們今天是不是可以不要錄了？」

「為什麼呢？」主持人說。

「因為……我覺得您沒有準備。雖然我不是很有名，可是，我已經寫了將近二十本書；假如您一點都沒有準備，我不知道我們怎麼談下去？……」

那天，錄音室裡的氣氛有點尷尬，不過，停了一會兒，那主持人卻很坦誠地說：「對不起，戴老師，我太忙、太疏忽了，一點準備都沒有……連您的簡歷都沒有看清楚，也把您的大名都念錯，真的很不好意思……好吧，下次等我準備好之後，再邀請老師好了，對不起，今天耽誤您的時間了！」

另有一次，我也是到某大廣播公司錄節目。

要開錄時，那知名女主持人說：「戴老師，這個麥克風給你，等一下我叫你開始的時候，你就開始講，隨便你講什麼都可以！」

「啊……要我自己一個人『隨便講』？不是說好兩人對談，找個主題訪問我、聊一聊嗎？」

「沒關係啦，老師，你是口才高手，很會講話，你對著麥克風，隨便講什麼都可以，大家都會喜歡聽，我不會打斷你的……」

此時，我掙扎了一下，說道：「好不好我們今天不錄了。我覺得……我是可以講，但我不能『隨便講』！如果，您一點準備都沒有，也不知道要訪問什麼，我不錄音沒關係，但我不要隨便講，因為，這樣我心裡會很不舒服……」

那天，錄音室裡的氣氛變調了，所以也就沒再錄下去！

其實，我一直記得一則新聞——

曾經拍過《英雄本色》、《綁票追緝令》的國際知名影星梅爾·吉勃遜來台灣時，電影公司安排陶晶瑩小姐訪問他。

梅爾·吉勃遜事後對媒體說，他實在太感動了，因為陶晶瑩準備資料之充分，出乎他的意料之外；連他多年前拍了哪些戲、擔任什麼角色，竟都瞭如指掌，所以，他對陶晶瑩的敬業精神，十分感佩、感動，訪談也非常愉快！

敬業的準備，十分重要！

被訪問者所需要的，就是「被尊重的感覺」；如果，連對方的名字都會念錯，或基本簡歷也搞不清楚，如何能訪談下去？

當另一國際女影星蘇菲瑪索來台時，訪問她的男主持人態度十分輕佻，也以「情色電影女主角」的眼光看待，讓蘇菲瑪索感到十分不悅，就掉頭走人！

別專搞「小聰明」，要有「大智慧」

的確，有「小聰明」的人，反應快、會搞笑，手頭上接的節目一大堆，也很容易就輕混過去。

但，如果內容不扎實、沒內涵、沒創新，也沒用心準備，總有一天會被淘汰！

相反地，有「大智慧」的人，會用心準備，而且言之有物，使人覺得聽看其節目，就像「挖金礦」一樣，獲得無數寶藏。

其實，我們說話、做事，就是自己的形象廣告，別人都正在看著我們，也都在嚴格地為我們打分數！

因此，我們的表現不能是「玩票、隨便」，我們都必須「敬業、認真」——用大智慧的敬業精神，來演一齣「自己生命的形象廣告」！

【戴老師陽光祕笈】

辛亥革命時期，年僅二十九歲的蔡鍔，擔任雲南軍政府的都督，成為一省之長。

他為了了解民瘼，決定微服出訪。一個初冬傍晚，蔡鍔穿著舊藍布長衫、土布鞋，獨自走到大街與老人、年輕人閒聊攀談。

夜深時，蔡鍔走回都督府，不料一進大門時，崗哨衛兵大吼一聲：「證件！」

蔡鍔既沒穿軍服，也沒帶證件，而新來的衛兵也不認識他；算了，走後門吧！

可是，後門的衛兵仍然不認識他，還是大聲斥喝：「證件！」此時，蔡鍔不便說出自己的身分，只好說：「請通報一下，我要會見都督夫人。」

後門衛兵看了這穿著不整的年輕人，居然想見都督夫人，頓起疑心，即賞了蔡鍔兩個耳光：「說什麼想見都督夫人？」

此時，府裡剛好有個參謀走了出來，看到蔡鍔，立即喊了一聲：「都督！」

蔡鍔摸著紅著的臉頰，沒多說什麼，只對參謀說：「到我辦公室來一下。」

在辦公室裡，蔡鍔寫了一張手令，交給參謀立刻執行。參謀看手令上寫著：「提拔後門衛兵為排長」。

當參謀拿著手令到後門時，只見衛兵的步槍還在，人卻早已嚇得躲起來了。

無論在哪一個崗位上，「認真、敬業」都是令人留下深刻印象的要素。

如果去過日本，我們都會被日本計程車司機的「認真與敬業」，感到十分佩服。為什麼呢？

因為日本的計程車司機都是穿白色制服、打領帶，還戴著「白手套」；車身外表乾乾淨淨的，車內也套著白色椅套。

天哪，坐在日本的計程車裡，感覺真的就是受到「尊重」和「禮遇」啊！

所以，日本作家池田大作說：「小事也要認真細緻，做到無可挑剔；小事做不來，大事豈能做得好？」

而明朝大臣呂坤也說：「大凡做一件事，就要當一件事。若還苟且粗疏，定不成一件事。」

的確，「用心做、不懶惰」，生命就會有繽紛的色彩呀！

・心・靈・書・籤・

- 才能，或許人人都會有，但認真的態度，卻不是。
- 用心讓自己發光，你就是「名牌」和「品牌」！
- 有專業、又敬業，你就不會失業！

輯二

用正向態度，讓自己起飛

⑦

肯定自己，愛情就傷害不了你

- 別把自己要過的橋，給弄斷了！
- 轉個念頭、改變心情，幸福就在自己手裡！

飛機起飛了，往台南方向。天氣，有點陰冷，我的心，更是沉重。

這趟飛機到台南，並不是去演講，而是去參加「公祭」。我相信，吳伯伯和伯母兩人，現在的心情，一定是悲慟至極。

吳伯伯和伯母都是教育界的前輩，分別在國中、國小任教二十多年，也是人人羨慕的模範夫妻；而他們的女兒美麗大方，才藝出眾，鋼琴彈得真棒，舞蹈、書法也屢在縣賽、省賽中獲得佳績。這女兒從女中畢業，就考上台大醫科，左鄰右舍、學校老師莫不豎起大拇指，稱讚吳伯伯、伯母教養有方。

台大醫學院畢業後，女兒到某大醫院實習，後來因表現優異，當上了主治大夫。年紀輕輕的，就成為牙科主治大夫，真不簡單呀！

而最令吳伯伯、伯母高興的是，女兒終於與相戀八、九年的男友結婚了。

哪知，才結婚不到一年，我竟接到吳家寄來的訃聞，謂女兒已經「因病去世」。我真錯愕！輾轉打聽，才聽說，吳小姐不是生病，而是跳樓自殺！

啊……怎麼會呢？是誰害死她的？

「是她先生啊！」我的朋友偷偷告訴我說：「吳小姐才結婚不到一年，就發現先生有外遇，和醫院裡的護士有染；她受不了刺激，就跳樓自殺……」

兩個白髮人，蹲在牆角相擁大哭

飛機在台南機場降落了，我搭乘計程車直奔殯儀館。時間，有點遲了。

一進公祭會場，只見吳小姐漂亮的遺照，掛在大廳之中，前來行禮致意的，大都是教育界的校長、老師們。

在那兒，大家都是低泣、嘆息——「唉，這麼優秀、才貌雙全、又有大好前途的女孩，怎麼會這樣結束生命了？」

後來，公祭結束。棺材被抬了出去，要運往火葬場。

可是，根據本省的習俗，兒女過世，白髮人不能送黑髮人，所以，當棺材被送往火葬場時，只見吳伯伯和伯母，兩個人蹲在牆壁的角落，相擁大哭！而每當棺材往前挪移一步，吳伯母淒厲的哭號聲，就愈撕裂、愈斷腸……

這對奉獻教育一生的老夫妻是夠苦的了！頂尖優秀的女兒走了，而另一個兒子，也尚在待業中。怎麼會呢？

兒子不也是很棒嗎？他是第一名考上知名中學，當了班長、也是樂隊隊長呀！

是啊，兒子也是成績很棒，可是，在高三時，換了一位教數學的男導師，管理極為嚴格。

一天，教官要檢查服裝儀容，導師看到這班長「大盤帽扭曲、歪戴」，就大聲斥責他：「你當什麼班長？帽子是這樣戴的啊？你很屌是不是？……」

這時，兒子狠狠地瞪了導師一眼，導師立刻怒罵道：「你不服氣啊？你瞪什麼瞪？」隨即，導師當眾「啪！」一巴掌，摑在兒子的右臉。

就這麼一巴掌，把兒子的自信心和自尊心打碎了！

從此，兒子對導師恨之入骨，也放棄了數學；每次考試，他的數學一字都不寫，都是「零分」。

聯考時，他的數學也是「零分」，沒考上大學。後來，他去當兵、服役回來，沒有學歷、也沒有一技之長，只好暫以開計程車為業。

看著蹲在牆角的吳伯伯、伯母，令人鼻酸。原本美滿、人人羨慕的家庭，怎會變成如此破碎不堪？

美麗的女孩啊，妳為什麼要選擇走上絕路？先生有外遇，是他的錯，妳可以勇敢地走出自己，何必跳樓結束生命？

而聰明、俊帥的兒子啊，老師憤怒地打你一巴掌，是他的不對，你為什麼要放棄數學？要放棄自己的大好前途？

是的，你痛恨那導師的不該，可是你要勇敢堅強、要挺住自己、要比導師「更棒、更有出息」才是啊！

現在，姊姊和你一樣，都是「拿別人的錯誤，來懲罰自己」，結果，懲罰到的，是辛苦撫養你們一輩子、最疼愛你們的年邁老爸、老媽呀！而他們，現在正蹲在殯儀館的牆角邊，撕裂心肝、老淚縱橫地相擁大哭呀！

那天，我沒再多和吳伯伯、伯母打招呼，就獨自黯然地離開殯儀館。

此時，我忽然想起，一母親在演講會後，憂心忡忡地問我：「老師啊！我念大學的女兒，最近交了一個男朋友，我覺得雙方不合適，就阻止他們交往。可是，我女兒很生氣、狠狠地對我說：『媽，妳知道我個性很叛逆的，妳愈阻止我，我就愈要故意做壞給妳看！要懷孕、要墮胎，我都敢……』」

「唉，要做壞誰看啊？」那母親滿臉愁容，喃喃地說著。

其實，每個人都要有「ＥＱ智慧」，都要為自己負責、做自己生命的主人呀！

【戴老師陽光祕笈】

我認識一個女大學生，假日到購物中心逛街；逛到一飾品專櫃時，看到許多項鍊、珍珠、鑽石……女學生沒什麼錢，就挑一些不昂貴的項鍊，站在鏡子前面打量一番。

這時，專櫃小姐走了過來，說：「小姐，妳看，妳戴這條項鍊多漂亮、多有氣質……一個人有沒有戴項鍊，散發出來的氣質，就差很多！」這女學生聽了，沉默了一會兒，就將項鍊還給了專櫃小姐。

為什麼呢？這女大學生對我說：「因為，我覺得那條項鍊對我來說是多餘的；我相信我自己的『氣質』，遠超過這條項鍊的『價值』。」

人，必須自我肯定，不一定需要靠「外在的飾品、世俗的價值觀」，或「外界的掌聲」，才能活下去。就像這女大學生很自信地說：「我不戴項鍊，也很有氣質啊！」所以——

只要肯定自己，愛情就傷害不了你！

只要相信自己，別人的閒言閒語就傷害不了你！

只要看重自己，老師粗暴的巴掌，也絕傷害不了你！

因為，丈夫的過錯或老師的粗暴，為什麼要由自己來扛、來承擔？我們總要「忘記背後、勇往向前」呀！

西洋人有句話說：「Don't cut off your nose to spite your face.」（不管怎麼討厭自己的臉孔，也不必把鼻子割下來）。

也就是說——在生氣、憤怒時，不要反應過度，以免傷害自己。

走順境，每個人都會；但是，唯有能「勇敢地走出逆境，才能顯現出人的不凡和價值」呀！

・心・靈・書・籤・

- 希望永遠不會放棄你，只有你會放棄希望。
- 別把自己要過的橋，給弄斷了！
- 「憂」，是困境、是警鐘，但也是轉機；因為，挺直腰桿、扭轉逆境，就變成「優」了！

8 打工吸引打工，成功吸引成功

● 想法的大小，決定成就的大小。

● 勇敢不是不害怕，而是——即使怕得雙腳發抖，我還是願意去做我該做的事。

（台灣第一個無國界醫師　宋睿祥）

我曾收到一封來自澳洲的信，她，在信上寫著：

「戴老師，您好！我是您汶萊的忠實讀者陳××。長期以來，受到您書中內容的激勵，我暫時放下在汶萊的工作，來到澳洲的一所大學，繼續念研究所……我已經十三年沒當過學生，也沒有接觸書本；來到這裡，我英文不好，念得很辛苦，老師交代要看的資料，很多都看不懂，讓我很挫折、很想回家！

可是，現實使我了解，現在『回家』是不可能的，因為，我畢竟已經鼓起勇氣辭掉工作，隻身來到舉目無親的澳洲……或許是挫折、思鄉等情緒，常讓我哭紅了雙眼，也會懷疑，我這樣的決定到底對不對？我天天在趕作業、查字典，好苦噢！不過，戴老師，我一定會克服自己的心理障礙，一定要在兩年當中，完成碩士學業！不多寫了，不然，我又得哭上半天了……」

信，在我手上，甚是感動。

住在汶萊小國的她，竟會看我的書，並偶爾與我通信；最後，她居然真的放棄了工作，隻身前往澳洲大學繼續念書。

主動勇敢參賽，突破自我

這兩天，也有一女大學生打電話給我：「老師，我今天參加了大專院校英語演講比賽了耶！」

「怎麼樣？成績如何？」我問。

「嗯……我沒有進入複賽，高手太多了，一共有九十多人報名……不過，我很高興自己有勇氣上台，雖然沒有得名，但也認識了一些新朋友！」

我很感動，這女生自動報名（全校只有她一人報名），還要自己找資料、自己寫稿，再請英文老師修改文稿，再不停地背誦、演練，真的很不簡單！我自己年輕時，從來就沒勇氣參加英語演講比賽。

「老師，下一次我還要再參加！」這女生在電話中堅定地對我說。

趕快找個成功的人做榜樣

以前曾聽一位教授說：**「要以成功的人為榜樣，也要與積極的人做朋友。」**

我知道，我的個性不是很四海，所以並沒有廣交很多朋友。

在藝專念書時，我不和同學抽菸、打牌，也很少蹺課；若有時間，我和一些談得來的朋友，一起到台大、政大上課、聽演講。同時，我也訂下計畫，以校刊名義，去訪問一些傑出的學者、名人；例如心理學家吳靜吉教授、名音樂家鄧昌國教授……

我記得很清楚，鄧昌國教授曾告訴我，他一生中很自豪的是，他也曾經站在莫札特最後一次演出的「史威琴根堡音樂廳」，指揮過交響樂團。

我亦拜訪傳播界知名教授鄭貞銘，我看到他書房中琳瑯滿目的書及有條不紊的剪報資料。鄭教授十分勤快，把各式各樣的文章「剪貼、分類、歸檔」，成為成就自己的「智慧寶庫」。

鄭教授更是天天寫日記，甚至把重要的往來書信都黏貼在日記簿上！這些有形、無形的教導，以及認真做事的陽光態度，對我影響甚大。

說真的，我不希望有「無數的朋友」，我只希望，我的朋友，都能是積極的、上進的、努力的！而且，我希望能以成功的前輩、師長為榜樣，汲取他們的優點，讓自己不停地「向上提昇」，而不致「向下沉淪」。

最近，有個母親對我說，她女兒的男朋友在大三時，學期成績「被二一」（有一半不及格），若再一次「二一」，就要被學校退學了。而且，這個男朋友已經大四了，卻整天上網、打電話、談戀愛……對自己的未來也不知道要幹什麼？該怎麼辦呢？

是啊，如果念大學，念到「被二一」，念到讓長輩痛心疾首、憂心忡忡，只知天天頹廢地談戀愛，也不知提昇自己，真的很可憐呀！

所以，趕快——「找個成功的人做榜樣吧！多跟積極的人做朋友吧！」

找傑出學長，做邁向成功的典範

記得，念專科時的我，知道我們系上有個學長名叫白詩禮，他曾在警廣轉播籃球比賽，轉播得很棒（後來轉任台視記者）。所以，我就學習他拿著錄音機、麥克風，買張籃球賽的入場券，一個人坐在高高的觀眾看台上，學習白詩禮學長，在籃球場上——一邊看球、一邊當起廣播記者，轉播球賽。

您知道嗎，一個人看籃球賽，手中拿著麥克風，口中還念念有詞，人家都以為我是「神經病」。

可是，管他別人怎麼笑，我就假裝自己是記者，不停地念著——「現在裕隆隊將球傳過中線，八號將球吊到禁區，給十二號，唉呀，球傳丟了，被飛駝隊搶到，快傳給隊友二十號……」

我搞不清楚球員的名字，只能用球衣號碼來代替，試著轉播：「現在球傳給外線的十五號，只見他突然來個『旱地拔蔥』，在三分線外，跳投——空心——得分！哇，真的有夠厲害……」

我就是要找個「成功的學長」當典範，後來，我也如願考上華視記者。

【戴老師陽光祕笈】

有個老師說，他參與大學學力測驗的監考工作，看到有些學生在答案卷上隨機「亂填答案」；也有些學生連猜答案都嫌煩，不到十分鐘，就趴在桌上夢周公；而在大學學測中，有人在作文時寫道：

「學校辦運動會，我右腳受傷了，跑起來『孤掌難鳴』。」

「天下興亡，『皮膚』有責。」

「上個禮拜首度看到妳，就被妳『煞』得很慘，妳長得稱得上是閉月羞花，從此妳在我心中『音容宛在』，害我『臥薪嘗膽』……」

當然，作文不夠好，不是什麼罪惡，只是，如果學習態度很不認真、很敷衍、很隨便，生活沒目標，也不知向積極、努力的人學習，則，即使是大學畢業了，又有什麼用？

伊索寓言裡寫道：「誰喜歡什麼樣的朋友，誰就是什麼樣的人。」
亞里斯多德也說：「羽毛相同的鳥，自會聚在一起。」
而我也學到一句話：「路，能走多遠，看你跟誰一起走！」
真的，與一些有智慧、積極、努力的人為友，將使我們更加積極向上！
「千萬別讓沒夢想的人，摧毀你的夢想啊！」

‧心‧靈‧書‧籤‧

● 把任何事都認真做對、做好，幸運就會一直跟著你。

（俄裔美籍小說家　艾茵‧蘭德）

● 你可以逃避現實，但逃避不了「逃避現實的後果」。

● 在瞬息萬變的世界，如果你不冒險，鐵定會失敗。

（臉書創辦人　薩克柏）

⑨ 痛苦會過去，美麗會留下

- 成功，是源自於——「肯多做一點、多學一點」的積極態度。
- 專注於第一專長，勝過千百個專長。

在擔任世新大學口語傳播系主任時，我要求大一的學生們——每五、六個人一組，每星期輪流編出一份「班刊」。每個學生都必須從構思、採訪、寫稿、打字、編輯、下標題、選字體、排版、印刷……分工合作，編出一大張正、反兩頁的班刊。

這不是一件簡單的事，因為要從「零」到「有」，從「空無一物」到「準時出刊」，真的要絞盡腦汁、費盡心思。而且，系上沒有經費，連編排、印刷的費用，都要學生自己想辦法籌措；你可以節省兩餐的錢，也可以拉廣告或找人贊助……

剛開始，第一組的同學哇哇叫，因為沒有前例可循；況且，才是大一新生，也不是新聞系，幹嘛要「編班刊」？還搞什麼出去採訪、寫作、下標題？

可是，罵歸罵，在全組同學同心協力，還有助教的協助下，第一期的班刊終於完成了！

看著同學們編出來的班刊，我的眼眶模糊了，好感動！這些孩子，一、兩個晚上沒睡覺，也省下他們吃飯的錢，通宵熬夜地通力合作，在限期出刊之日，準時達成任務。

在班刊中，有上課的趣聞、有老師的專訪、有同學出遊的花絮和照片，也有學生自己創作的小詩、散文……還有，「邊做邊罵、痛恨戴主任」的心情。

但是，不管如何，他們終究犧牲睡眠、減少吃飯錢，完成一項大使命了！

用心，就能成就每件事

就這樣，第二組、第三組的同學，為了使班刊更有看頭，輸人不輸陣，無不精心設計更好的內容和專題，希望獲得老師和同學們的好評。

我原本以為，班刊或許有一天會「無疾而終」；但沒想到，在老師的激勵、和同學彼此榮譽感的催逼下，直到學期末了，班刊竟然沒有一期中斷，都是如期出刊。

我真是感動，這群可愛的大一孩子們，願意挑戰自己，願意從「零」到「漂亮的有」；當他們看到心愛的班刊出刊時，內心的喜悅、快樂真是無法形容！

當然，也曾有同學向我抗議——口傳系的學生幹嘛要做這些「無聊事」？可是，我認為，一個傳播科系的學生，最好必須「說、寫、編、採、譯、攝影」樣樣涉獵；人總是要隨時裝備自己，才能應付各種機會的挑戰啊！

而為了使班刊更有競爭、更有榮耀，我要同學們在學期末舉辦個「金刊獎」，其中的獎項包括——「最佳班刊、最佳採訪、最佳編輯、最佳散文、最佳攝影、最佳新詩……」而金刊獎的晚會，比照「金鐘獎」一般，由男女同學盛裝打扮、擔任主持人，其他同學也都穿插餘興節目助陣。

榮譽感，戰勝一切！

隨著校園自主的意識高漲，有幾位學生曾表明不願編班刊的態度；然而，讓我欣慰的是，在我四年系主任任內，每一屆的大一學生，從未有一星期「班刊脫期」，因為，「榮譽感」戰勝一切啊！

後來，「痛苦編班刊」竟變成系上的一項傳統；而「金刊獎」，更成為系上每一學期的盛事，大家莫不引頸期待。

如今，我早已經離開口傳系，但有些畢業的同學告訴我：「戴主任，謝謝您以前逼我們編班刊，雖然當時心裡『很幹、很不爽』，可是，我卻在熬夜編班刊中學習到很多，後來大二又編系刊……畢業時，我把我曾經寫過、編過、攝影過的作品，編成一大冊，變成漂亮的履歷，去應徵，馬上就被錄取了！」

法國印象派大師雷諾瓦，晚年時，全身的關節都壞了，他無法拿筆作畫，就將畫筆綁在手上，坐在輪椅上作畫。

朋友問他：「你這麼痛苦，為何不放棄繪畫？」

他回答說：「痛苦會過去，美麗會留下！」

是的，在學習過程中，再怎麼難耐、難熬，痛苦一定會過去，但，美麗的收穫和作品，一定會留下！

當然，並不是每個人都要去編班刊，而是，我要系上的孩子們認知到——

只有痛苦地付出和學習，才會有豐碩的成果；因為，世界上所有偉大的事情，都是由「不舒服的人」所做出來的！人如果每天都是「舒舒服服、輕輕鬆鬆」的，豈能完成偉大的事情？

【戴老師陽光祕笈】

NBA籃球明星麥可．喬丹，退休了。他曾說：「我在職籃生涯中，有超過九千球出手未中，也輸過三百多場。有三十次以上，教練和隊友信任我，讓我投關鍵的最後一擊，我卻失手了。我一而再、再而三地失敗，但，這就是我成功的祕訣。」

喬丹又說：「如果我跌倒了，那就跌倒吧！我會自己站起來，拍拍身上的灰塵，大步向前走……我相信自己的能力和努力！」

其實，天天訓練各種角度的跳投，真的很辛苦，但，「痛苦會過去，美麗會留下」。也因此，喬丹成為一位出神入化的籃球明星，也是「超越顛峰的成就者」，留給全世界球迷嘆為觀止的讚譽。

然而，為什麼教練和隊友願意把「最後一擊」的機會交給某一人呢？

如果，我們「沒有忍受痛苦、沒有更多磨練、沒有更傑出的表現」，則沒有人會願意把最後一擊的機會交到我們的手上啊！

就像我以前打籃球、踢足球，同學老是不把球傳給我；因為，對於球類運動，我就是「手腳不行、不靈光、準頭不夠」嘛，我總是像無頭蒼蠅一樣，一直全場亂跑。

可是，球打得不好、踢得不準沒關係，我們總要有一樣是行的、是最棒的、是頂尖的。

我們要在最重要關頭、或是最後一擊時，讓老闆對我們信心滿滿地說：「這件事，非你莫屬、非你出馬不可，你上場吧！」

·心·靈·書·籤·

●——成功，很不容易；但，要守住成功，更難！

（麥可喬登）

●——能力，可以贏得比賽；但靠團隊，才能獲得冠軍。

●——人，只要專注於某一項事業，
就一定會做出使自己吃驚的成績。

（美國小說家　馬克吐溫）

⑩

幸與不幸，全在自己一念之間

- 學習活得好，勝過功課好！
- 要學習「肯定自己、欣賞別人」；千萬別「埋怨別人、封閉自己」。

最近有一位大學女生告訴我說，她的英文被老師「當掉」了。問她為什麼？她說，因為那個英文男老師很色，又開黃腔、講黃色笑話，真是很無聊，一看到他就很討厭；所以她很不喜歡這男老師的課，最後，就被老師當掉了！

唉，這是多麼可惜呀！英文被當掉，明年還要重修一次，多划不來呀！

記得我在美國念碩士時，我知道我的功課不夠好，也沒有辦法和其他美國同學一樣地搶答、辯論或是談笑風生；而且，有一男教授很嚴格、很有權威，打起分數，更是不留情面。怎麼辦呢？我不能讓教授覺得我程度不好，而把我「當掉」呀！我必須主動打開僵局！

於是，我決定「**主動親近教授**」。在教授的 office hour，也就是「在辦公室指導學生的時間」，我一定準備問題去請教這名教授，讓他知道，我是十分努力、用功的外籍學生，只是英文表達能力不夠好而已。

而且，在教授上課前，我常陪著教授從辦公室，踏著白雪，走到教室，一路請教他；而在下課後，當全班同學已經鳥獸散時，我又陪著教授，踏著白雪，走回辦公室。

您想想看這幅畫面——「縮著身子，陪著老師、踏著白雪一起走路、一路請教老師」，那是多麼難得的師生之情啊！

縮小別人缺點，擴大別人優點

或許有人會覺得我「很狗腿」、「很噁心」或「很虛偽」，可是，這些舉動，會讓老師看見學生的「虛心求教」和「尊師重道」呀！即使是在寒冷的冬天，老師的心和我的心，也都會覺得無比溫暖呀！

後來，那最嚴格的一科，我得了「B」，過關了。

可是我們班上另外兩名老中，他們的命運就不一樣了，他們都拿了「F」，被教授當掉了！

我問他們：「我不是已經從助教那兒硬拗來一些考古題，事前拿給你們看過了嗎？」

我印象很深刻，那其中一名老中回答我說——他們也曾經去請教教授，可是那教授的態度很歧視台灣學生；在對他們講話時，教授的雙腳竟然蹺在桌上，口中還咬著蘋果吃，一副很不屑的樣子……

我不清楚那教授是不是會「歧視台灣學生」？根據我的經驗是「不會」！或許，只是他們自己的感覺吧！

因為，很多美國教授常是一副輕鬆的調調。

可是，即使老師有一點歧視，我們為什麼要「擴大老師的缺點」，而「縮小他的優點」呢？

我們可以「主動接近老師、請教老師，也多欣賞他的優點」，讓師生之間的關係逐漸改善啊！

別恃才傲物、憤世嫉俗

「當我們看不順眼的人愈來愈多，看我們順眼的人，就會愈來愈少！」

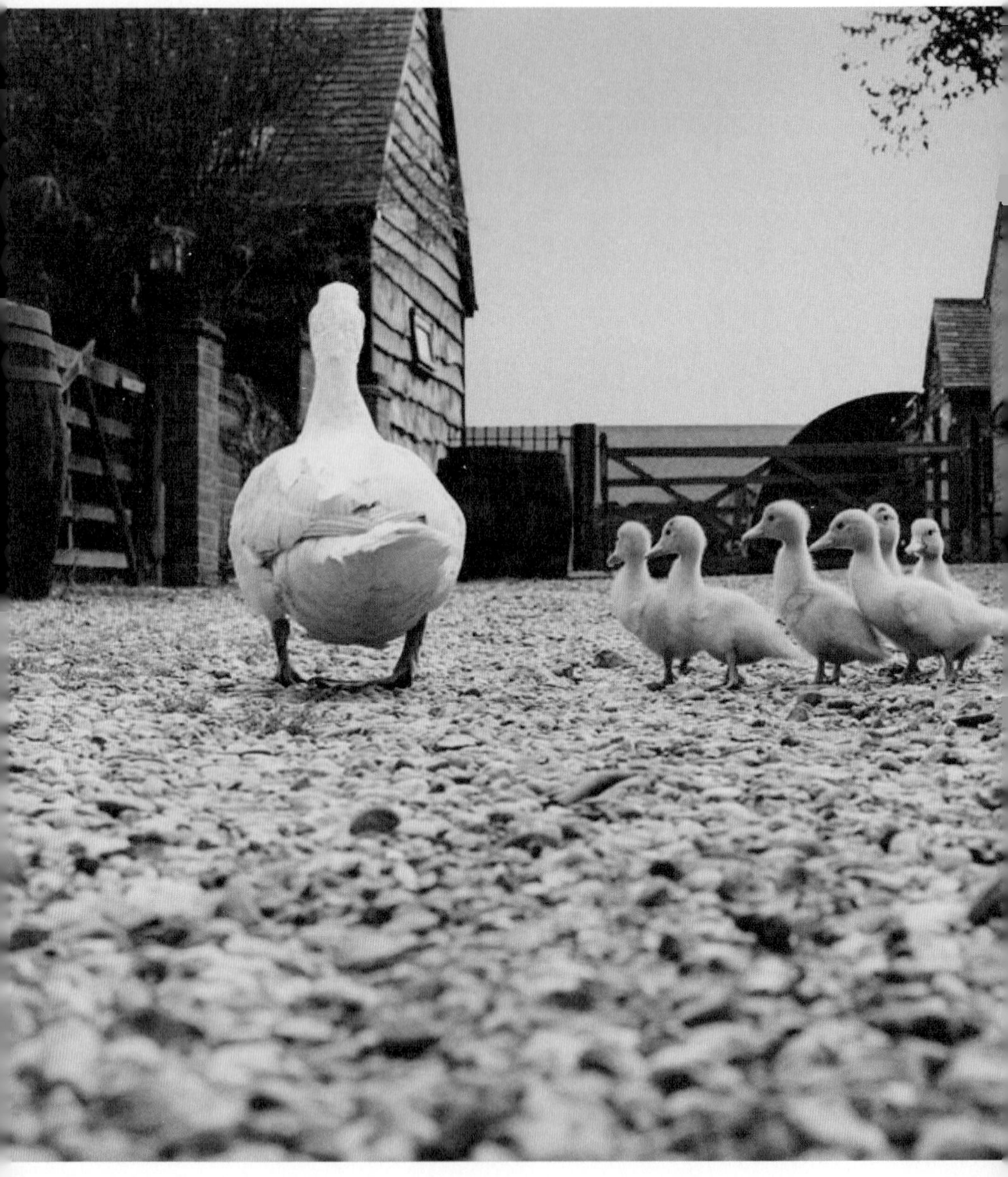

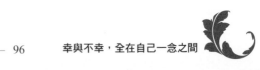

的確，假如我們看不順眼老師、老闆，相對地，老師或老闆也會看我們不順眼呀！

因此，「角色扮演」很重要。一個學生或部屬，都沒有資格瞧不起老師和上司，畢竟他們的經驗比我們豐富，也都坐上了那個位子；他們即使沒有真才實學，但多少都有值得我們學習之處啊！

所以，絕不能「恃才傲物、憤世嫉俗、孤芳自賞」，否則，就會像許多天才的命運一樣，斷送在「自認自己很天才」之上呀！

【戴老師陽光祕笈】

曾有一老師告訴我說：「你一定要學會和不同的人相處；而且，學習活得好，勝過功課好！」

真的，功課好沒有用，要懂得跟老師、同學、朋友、長官處得好，日子才會過得快樂啊！

其實，有時我們會不喜歡某些人、某些老師，但我最近看到一句話：「I always prefer to learn the best of everybody--it saves so much time.」（我寧願學習別人的優點，這樣一來，就可以節省很多時間）。

的確，看到別人的好、看到別人的優點，進而主動「親近他、請教他」，不僅可以使雙方關係拉近，我們更能學到許多新事物啊！

因此，「快樂，是可以選擇的」。當我們跟不同的人相處、學習，我們試著看他的長處，秉著「欣賞自己、接納對方」的心情，我們就會更加快樂！

相反地，如果我們只看到對方的壞、對方的不是，以至於「埋怨他人、封閉自己」，最後，吃虧的還是自己呀！

所以，「幸與不幸，全看自己的一念之間」。

現在的我，快不快樂，都是過去的我們所經營出來的結果。

未來的我，幸不幸福，也都是現在的我們努力出來的成果。

・心・靈・書・籤・

- 愉快的生活與工作，都是由愉快的心情所造成的。
- 沒有過不去的事情，只有過不去的心情。
- 要讓自己的思維和想法，由「N頻道」（Negative，負面的），轉變為「P頻道」（Positive，正面的）。

⑪

成功不是靠學歷，而是靠努力和毅力

- 看到了嗎，好幾隻慢慢爬的烏龜，正爬過貪睡的兔子……
- 空有學歷，眼高手低，只想一步登天，怎能成功？

有一天，我收到一位學生的來信寫道：「謝謝戴老師您安排我到××公關公司，以及×視南部新聞中心實習；我在這兩個單位各待了一個月，學習很多，也很愉快，謝謝老師讓我有一個快樂、充實的暑假……」

收到這封信，我感到十分欣慰，因為雖然我已經離開大學教職多年，但只要學生願意虛心求教、學習，我都願意盡己所能，安排他們到相關單位實習。

然而，過去我也曾安排一位大學女生，到地區性電視台實習；因為，這女生說，她好羨慕那些女主播能在電視台上露臉、報新聞。

暑假期間，她因我的介紹，真的到電視台實習啦！可是，有一天，我接到該公司新聞部門主管的電話——「戴老師，你介紹來的那個女學生，怎麼經常遲到啊？」

「噢，真的嗎？真是對不起！」我有點慚愧，不好意思。

「她的工作態度很不積極，叫她做一些事，她總是懶懶的；你看，她今天又沒來，也沒有打電話說一聲……」這主管是我的朋友，但他的口氣十分不悅。

當然，學生是我介紹去的，我只能一直向這主管道歉。

隨後，我立即打電話給那女生；她，大白天，竟然還在睡覺。

「老師，對不起啦！我有晚睡的習慣，白天九點要上班，那麼早，我爬不起來……老師，我好累哦！我還有一大堆衣服還沒洗……」這女生躺在床上，慵懶地說道。

天哪，怎麼會這樣？這是什麼理由？這種態度，難怪主管會氣得跳腳！

主動接受挑戰，完成不可能任務

以前，曾有一位女生說要多向我學習，我說：「好，今天晚上有一場演講，妳願不願意去聽？」

這女孩說：「好啊，沒問題啊！」

「可是，妳不只是要聽，還要寫筆記、做紀錄，將主講人的演講重點寫下來。」

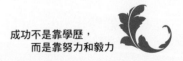

這女孩聽了，點點頭說：「好！」

不過，我又繼續說道：「妳聽完演講，回家以後，要把妳的筆記，寫成一篇『新聞稿』，妳要描述今晚演講現場的情況，是冷清、還是熱絡？有沒有什麼新鮮事？再把演講重點整理出來……同時，妳也必須寫一篇『特稿』，分析這位主講人演講的『優點和缺點』……妳，要學習當一個理性的評析者，懂得欣賞他的優點，也客觀指出他的缺點，這樣好嗎？」

這女大學生一聽，感覺似乎有點高難度，而不是只有去「聽演講」那麼簡單而已。不過，她還是勇敢地說「好！」並問說：「老師，這兩篇稿子什麼時候交？」

我笑笑地回答：「明天早上，八點半。」

「啊？明天早上就要交了？那……我豈不是一個晚上不能睡覺了？」

「對！妳今天晚上可能不能睡覺了，因為，妳不能用手寫，妳還必須把這兩篇稿子打好字，明天一早我到學校時，妳就要將完成的稿子，放在我的桌上……這是一項挑戰，也是訓練！我不逼妳，妳可以做，也可以不做，妳自己決定！」

這女孩聽了，有點猶豫地離開我辦公室。或許她心裡在掙扎：「幹嘛，我沒事不睡覺，自己找碴做什麼？這也不是課堂上的作業，又沒有分數！」

然而，隔天一大早，我一到學校，這女孩已經在辦公室門口等我；她，眼睛紅紅地對我說：「老師，我一個晚上沒睡覺，我已經將兩篇昨天聽演講的『新聞稿』和『分析稿』寫好、打好字，請老師幫我改正……」

自我嚴律的態度，是成功的關鍵

看著這個女孩，我真是感動。沒有人逼迫她，但，她懂得「自我要求、自我嚴律」。

一個晚上不睡覺算什麼？或一、兩餐沒吃飯算什麼？能自我挑戰，勇敢地「克服困難、達成目標」，才是真正的勇者啊！

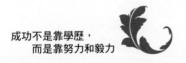

所以，人生最大的快樂是什麼？是——「**當別人不看好我們時，我們卻用心、認真地把它完成了！**」

憑著這股認真的態度，女孩一畢業，就考上有線電視台，當上電視記者了。

【戴老師陽光祕笈】

台灣首富鴻海集團總裁郭台銘先生，學歷不高，只有「中國海專」畢業；但是，學歷低，不代表人生沒有機會。郭台銘先生說，他三、四十年來，每天工作都達十六個小時；當別人在休息時，他總是拚命地在工作。

所以，一大早七、八點，當別的老闆還在睡覺、休閒或打高爾夫球時，他已經在和外國客戶進行早餐會議。有時，因著美洲、歐洲、亞洲不同的時差，他五點就起床打國際電話，展開一天的工作。

「勤奮不懈、鍥而不捨」，郭台銘就是這樣的人。

他說：「除非太陽不再升起，否則不能不達到目標！」

也因此，郭台銘像一隻不停止、不貪睡的烏龜，慢慢地爬，爬過正在睡覺的兔子；他知道，做烏龜的，一定要懂得——「聲音要輕，千萬不要把兔子吵醒！」

郭台銘又說：「我沒有去培養個人興趣，我一分一秒都要努力。」

所以，他沒有「買古董、迷名畫、開名車」……他連辦公室都很樸素，鐵椅子、沙發都是便宜貨。他說，要買一千輛賓士六百的豪華轎車，他都買得起，但他絕不奢侈、浪費；他的個性，只想「挑戰不可能」，在克服困難的過程中，就是他最大的享受！

一個人的成功，不是「靠學歷」，而是「靠努力、靠毅力」！

空有高學歷，做事不用心、只會埋怨，又有什麼用？空有高學歷，做事一曝十寒、眼高手低，只想一步登天，又怎能成功？

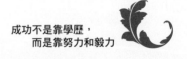

郭台銘說，他不是「博士」，是有些缺憾；不過，他會用人、會用專家，他們公司的機械博士超過數十位。

是啊，不是博士沒關係，學歷絕對不是那麼重要，人，自己的「態度、行動和堅持」，才是最重要的陽光態度，也才是「讓自己高高起飛」的關鍵！

・心・靈・書・籤・

- 你現在積極、努力做些什麼事，決定你未來會是什麼樣的人。

- 沒有目標與熱情的退休生活，只有退化的下場，和死亡沒有兩樣。

（前新加坡資政　李光耀）

- 貧窮會讓人感到焦慮和挫折，但若能靠能力，把自己從貧窮中拉拔出來，就是一件很光榮的事。

（《哈利波特》作者　JK羅琳）

⑫

用膽識，去揮灑自我人生

- 人不能甘於平凡，而要努力追求不凡。
- 人要有「強烈的企圖心」和「積極向上的動力」。

有一天，我收到一位老先生的來信，信上說，他是以前綠島監獄的典獄長，現在已經退休了。先前，他的友人拿了一本我寫的書給他看，其中一篇，就是我所寫——在我念藝專二年級時，一個人前往綠島監獄採訪，也住在監獄裡的回憶故事……

當我看著這封信的內容時，我的手微微顫抖著。

天哪，二十年了，那真是一段年少清狂、也是令人欣喜若狂的往事啊！

民國六十九年的大年初一，是寒假期間，十九歲的我，一個人背起行囊，從台北搭乘火車到台東，東問西問，才輾轉找到台東機場。然後坐上九人座的小飛機，前往目的地——綠島監獄。

我並非「被關」，也不是去「探監訪友」。說實在的，我誰都不認識，我只是在想——我不能讓我的寒假平淡地過去呀！於是，我訂了計畫，希望能進入「綠島監獄」一探究竟！因為，綠島監獄給人的印象，是一個「惡魔島」，也是充滿神祕與恐懼、關著「政治犯」與「重刑犯」的火燒島。

我這個人，一旦訂了計畫，就勇往直前、說做就做！

可是，當時我只是個念藝專二年級的學生，沒有認識法務部的任何人，連綠島監獄在哪裡、長什麼樣，也搞不清楚；甚至，到了綠島，下了飛機，我孤零零的一個人，也不知道往哪裡走？

然而，我鼓起勇氣、為自己打氣——「我一定要完成我的計畫！我向父母要了錢，獨自搭小飛機到綠島來，我就絕不能半途而廢，更不能空手而回！」

於是，我到路邊的基督浸信教會，向牧師借了一輛腳踏車，也問清楚了方向，就踩著車子，朝「綠島監獄」前進。

毛頭小子，勇闖綠島監獄

十多分鐘後，到了，「崇德新村」就是綠島監獄。我矮小的個子，站在銅牆鐵壁的監獄大門外很久，不知怎麼辦？……等一下要怎麼說呢？要找誰呢？

探監，是要先登記的，可是我要「探誰」呢？我站在監獄大門外，心怦怦跳地踱步著……好吧，我就說「來找典獄長」吧！

於是，我壯起膽子，用顫抖的手指，按了鐵門的電鈴，並向探頭的警衛說明來意——「今天是大年初一，我來找典獄長……」警衛與典獄長通了電話之後，哇，太棒了，典獄長願意接見我這個唐突、冒昧、不請自來的毛頭小子！

警衛打開鐵門，帶我通過三、四道鐵門，走向典獄長辦公室。

在我想像中，典獄長應該是高頭大馬、滿臉橫肉的模樣；沒想到，一見到典獄長，他竟是中等身材、和藹可親的長者，而且，是「一絲不掛的光頭」，顯得神采奕奕、容光煥發。

「大年初一每個人都回家過年，怎麼你一個人跑到監獄裡來？你是我哪裡的親戚嗎？」面對我這個不速之客，魯典獄長有點訝異，也開個玩笑。

我是有心的，也是誠懇的，只希望勇敢地為自己「創造機會、打開眼界」，也希望在校刊上，寫一篇「綠島監獄」的採訪或見聞錄……

魯典獄長被我這小伙子的行動所感動，也答應我的要求，親自帶我走過戒備森嚴的鐵門，一一參觀監獄裡的設施，甚至包括重刑犯、上了中中的腳鍊、二十四監視的獨居房。

「典獄長好！」您知道嗎，一路上，所有的警衛和受刑人，都恭敬、大聲地向典獄長問好，而走在一旁的我，真有「狐假虎威」的感覺。

每到佳節倍思親

在大禮堂中，看到受刑人們正在觀賞春節的電視節目，可是，魯典獄長說，在除夕夜裡，也有些受刑人吃不下飯，望著豐富的菜餚而潸然落淚。因為，「每到佳節倍思親」；誰無父母、誰無妻女，一個壞事做絕的大男人，在綠島監獄裡孤獨地過年，也有思鄉、思親的悲愁和激動啊！

當晚，我一個人住在監獄招待所裡；但，整個綠島，沒有「小夜曲」的旋律，只有一片黑暗籠罩，靜得令人害怕！

夜半時分，我睡不著覺，獨自站在二樓窗口，看著監獄內層層的鐵門，似乎也看見在那幽暗的牢房裡，有著許多悔恨、悲痛和感傷……

二十年過去了，突然間，接到魯典獄長的來信，真是令我感到驚訝和興奮，而我的思緒，也回到年輕時，受到典獄長和教誨師等人竭誠款待的畫面；這些溫馨、熱情的接待，讓我這個可能流浪綠島的小子，竟在監獄裡飽嚐「賓至如歸」的滋味。

人生，不能甘於「平凡」，而必須努力突破、追求「不凡」。

有一大學生告訴我：「老師，我整個寒假都待在家裡，不知道要做什麼？」

可是，怎麼不知為自己訂計畫、做些有意義的事，讓生命留下美好回憶呢？

生命，是要用膽識努力去揮灑的！

我們都要有「強烈的企圖心、積極向上的動力」，才能將生命揮灑得更豐盛、更多采啊！

【戴老師陽光祕笈】

大約四十年前，美國有一小女孩名叫「萊斯」，她的外祖母是由白人奴隸主和女黑奴所生，所以，她看起來是「黑人」，卻有八分之一的白人血統。

在萊斯十歲那年，父母帶她到首府華盛頓去遊覽，也到白宮參觀。

但是，當他們站在賓州大道的柵欄外時，因為他們的黑膚色，不被准許入內參觀。

那時，萊斯和父母三人遠遠望著那座舉世聞名的建築物，徘徊很久，十分沮喪。

然而，小小年紀的萊斯轉過身，用平靜的口吻告訴父親說：「爹地，今天我們因為膚色而進不去，可是，有一天，我一定會在那棟房子裡！」

二十五年之後，萊斯小姐在國際事務的專業上有傑出表現，被極度禮遇，受邀擔任老布希總統的「首席蘇聯事務顧問」，而堂堂進入了白宮。

後來，她更當上了小布希總統的「國家安全顧問」。甚至，也成為美國的國務卿！

或許，那座牆很高；

或許，那些人有歧視眼光；

或許，我們沒有名人的引薦；

但，只要「有心、有願、有力」，有一天就可以光明正大地走進去！

所以，要先「打開心，常開口，再行動」，則再高的牆門，都可以為我們而打開。

也因此，「Nothing ventured, nothing gained.」（不敢冒險，就不可能有收穫）。

・心・靈・書・籤・

● 人生的冒險，不在於外面的世界，
而在於內心世界的勇敢、企圖與突破。

● 失敗，只是暫時的繞道，不是死胡同；
是耽擱，不是毀滅。

● 妳的天有多高，不是依賴環境，或丈夫來決定，
而是要看自己的選擇。

（全球一動董事長　何薇玲）

輯三

要尋求突破，別平庸度日

⑬

放開心胸，多采多姿就是美

● 人與人之間，就像一面鏡子，你對人饗以笑臉，別人也會以笑相迎。

● 你對別人好的時候，也就是對自己最好的時候。

（美國發明家　富蘭克林）

多年前，有一天，我接獲佛光山星雲大師的弟子來電，謂大師希望我能為他的著作《迷悟之間》第三集，寫一篇序文。

當時我真是嚇一跳，因我與星雲大師毫無淵源，也不認識；而且，大師國學造詣十分深厚，文筆如行雲流水，更是著作萬卷，原本就是我寫作學習的對象，更是萬眾景仰的佛教大師，怎會要我這毛頭晚輩寫序？

我忐忑不安，也不明所以，但我仍依約前往佛光山台北道場，晉見大師。

一路上，我腦中浮現出星雲大師以前在電視上演講的印象。大師說，他剛生病開刀出院時，有人去探望他，就說：「大師，您也會生病哦？……您也要開刀哦？……是不是您也做錯了什麼事？」此時，台下聽眾哄堂大笑。

在電視上，圓圓胖胖的星雲大師又笑迷迷地說：

「其實，生病是一件很好的事，因為，平常每個來看我、或打電話給我的人，都希望我多講些話，或多給大家一些解答；可是，這次我生病了，每個來看我的人，都叫我『少講話、多休息』，你看，生病不是很好嗎？……」此時，台下文是一陣笑聲。

好了，佛光山道場到了。可是，當我停好車，從地下停車場搭上電梯，沒多久，整棟大樓竟忽然停電，電梯被卡在半空中，無法動彈。

天哪，怎麼會這樣？

我和其他三位佛光女弟子就這樣，被困在狹小、黑暗的電梯中；我們不時以手機呼叫，彼此也裝著「一副不緊張的樣子」，等待救援。後來，才想起，颱風過後，地下室淹水，可能電梯馬達壞了！

說真的，在黑暗的電梯裡枯等，時間真是漫長、難耐啊！

大約半小時後，維修人員才趕到，用力撐開懸吊在二樓半的電梯門，我們才一一狼狽地，從電梯裡被拉爬出來！

可是，此時整棟大樓仍然沒電，電梯不動，我想，星雲大師已經等候我多時了，我不能再繼續耗等電梯來電，只好氣喘如牛地爬上九樓。

當我喘息稍歇、靜下心來時，星雲大師走了進來；他圓圓的臉、微笑地說，他等我很久，等到打盹了！唉，我真是不好意思呀！

不過，看著面前的大師，我的心一陣安詳、平和。星雲大師說，他常看我寫的書，故事很好看，也很平易近人、很有啟示性，對社會大眾很有幫助，希望我繼續加油！

可是，比起星雲大師的浩瀚著作、智慧卓見，以及對芸芸眾生的貢獻，我的拙作真是「小巫見大巫、不及其萬分之一」啊！而大師親口寫序之邀，對我而言，更是受寵若驚、過於抬愛呀！

此時，我惶恐地請教大師——「我不是佛教徒，我從小是在基督教家庭長大，您介不介意？會不會添增您的麻煩？」

大師聽了，笑笑地說：「我有很多基督教和天主教的朋友啊！以前丁松筠神父就對我說，如果他生長在中國，他大概就會做和尚；而如果我生長在歐美，我大概就會做神父！哈……」

在一陣笑聲後，大師又說：「很多事情都是時空造成的，但不必互相排斥，因人的本性都是一樣；**我們每個人和社會，都需要『愛』、『尊重』和『包容』……人或宗教，若都能夠彼此尊重、相互包容，多采多姿就是美！**」

謙卑自己、放下身段、請教他人

結束與星雲大師一個半小時的會面，離開時，我的腦海一直縈繞著這句話——「多采多姿就是美！」

嗯，真棒！真的，人都必須開放心胸、豁達自在，不能被不同黨派、宗教、族群的對立思想所「框架」和「局限」。

我真的很感動，鼎鼎大名的星雲大師，竟是如此柔軟，用寬容的陽光態度，主動邀請不同宗教立場的晚輩寫序。

他是宗教領袖，卻超脫宗教、放下身段，主動結識不同輩分、層級的人為友，真是很不容易啊！

「混血兒」之所以漂亮，是因為他（她）們結合了異國多元的血統。人生要更漂亮，也必須謙卑自己、放下身段，用陽光態度主動結識或請教不同立場、不同專長、不同觀念的朋友，才不會使自己陷於「偏頗固執」或「思想極化」之境。

【戴老師陽光祕笈】

明華園名角孫翠鳳小姐，小學時被老師問道：「妳爸爸的職業是什麼？」她遲遲不敢開口。最後她回答：「是自由業。」

「自由業是做什麼？」

「是演歌仔戲的。」孫翠鳳話一說完，全班同學哈哈大笑，好像演歌仔戲是一件很丟臉的事。

不過，長大後，孫翠鳳也加入歌仔戲團，很努力地把戲中的角色扮演得很好，不管是唱腔、身段、發音、表情、手勢……都表演得入木三分。後來，明華園應邀參加台北市藝術季，她也因備受肯定而獲選為女主角。

一九九六年，她更因傑出表現，被選為「十大傑出青年」。

報載，也有一鮮為人知的陳盛雄先生，從小喜歡露營，就投考師大童子軍教育專修科。他醉心露營，以天為幕、以地為席地過了大半輩子。四十九歲時，陳盛雄獲日本教授推薦，赴日本東京農業大學進修；苦讀八年後，才以「露營」為論文題材，獲得博士學位，目前正致力於規劃農園休閒露營場。

人，如果傑出，再冷門的科系，都不會冷門；

人，如果平庸，再熱門的科系，都不會熱門。

所以，孫翠鳳小姐說，她雖然起步比別人晚，但在認清人生目標之後，就全力爭取每一個可能的機會，不斷地接受挑戰、激發潛能。

只要願意去做，任何時候起步去實現夢想，都永不嫌遲；只要勇於夢想、敢於實踐，成功就建築在不斷努力的階梯上！

「心底無私，天地寬；心情快樂，路更廣。」只要朝著目標前進，也虛心學習，則我們就可以快樂地說：「今天真是棒透了！今天真是多采多姿啊！」

・心・靈・書・籤・

- 理想與現實之間的那座橋梁，叫做「努力」！
- 所有的困難都是「好事」，都是老天在磨練你，也要把重任交給你。
- 心寬，忘地窄；心寬，路更寬！

⑭

勇敢圓夢，才能展翅上騰

• 我出賽愈多次，就愈有自信。（俄羅斯網球女將　莎拉波娃）

• 去走你的路吧，不必在乎別人的眼光和批評，要勇敢做最棒的自己！

每當我被邀請到某一場合演講時，我總是盡量提早三十分鐘到達，一來是先安裝我的個人電腦和投影機，二來是測試現場的麥克風。

很多承辦人員會跟我說：「戴老師，麥克風已經開了，有聲音了。」

可是，我還是不放心，因為「有聲音」，並不代表「音色好、音質好」或「音量夠」，我必須自己先測試看看——「麥克風試驗，一、二、三、四……」

「嗯，不行，聲音太低沉了……低音太多、高音不夠，麻煩調整一下！」

我請音控人員試著將聲音盡量調整到悅耳的程度：「低音少一點、高音再多一點、再高一點……對，高音再高一點……對，音量也再大聲一點……」

您知道嗎，麥克風聲音太低沉，聽起來很悶、很沒精神，不僅演講者講起來很痛苦，對聽眾來說，也十分受罪，而且傳播效果更會大打折扣。

「麻煩低音也再增加一點……好，很好！現在聲音聽起來很棒了，謝謝！」

真的，大膽地試過音、調過音之後，現場的聲音效果大大改觀了。

「現在，麻煩你們再準備另一支麥克風好不好，因為演講兩個小時下來，無線麥克風的電池，可能會耗盡，聲音會變得斷斷續續，麻煩你們再準備一支備用……」

有些承辦人員會覺得，我這個人「很囉嗦、很龜毛、很挑剔」；明明有聲音就可以了，幹嘛要那麼囉嗦？

但是，我總是堅持我的想法和做法，因為演講是我在講，我是講師，我必須負責演講的成敗；而我，更有責任帶給聽眾們一場最好的聲音、畫面和視聽效果。

也因此，經常在演講結束之後，有聽眾對我說：「戴老師，你的聲音真好聽，很有磁性！」

「不是我的聲音好啦，而是麥克風的聲音很不錯！」我說。

自我生命麥克風，要悅耳動聽

人生，就像是「麥克風」的表現，有人一拿到麥克風，就有如國際巨星一般，

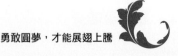

載歌載舞、亮麗耀眼。

可是，如果這支麥克風是差勁的，聽起來沉悶無比、雜音很多，甚至還會「吱——嘎——」亂叫，則再好的歌喉和唱腔，或國際巨星，也都無法表現出美好的聲音。

所以，不管別人怎麼說，趕快調整「自己生命的麥克風」吧！高音、低音趕快調整一下，讓音色更圓滑、音質更悅耳、音量更飽和……我們不要在意別人的批評——「太囉嗦、太龜毛、太挑剔」。因為，生命是自己的、麥克風是自己要拿的，如果聲音效果不好，如何展現出自我實力？

因此，麥克風不能隨便、不能有聲音就好，必須要將它調整到最棒、最亮的聲音！

人也是一樣，不能馬馬虎虎、得過且過，每個人都必須不斷地調整「自己的目標」和「生命的方向」啊！

要為自己尋求突破，不能平庸度日

在印度旅遊時，我看見許多孩子、大人，都滿臉髒兮兮、衣服殘破地當乞丐，到處向人伸手要錢；可是，世界上「數學最強」、「電腦很棒」或「很有錢的富人」，也都是印度人啊！

當我在埃及旅行時，看到每一個景點，都有大人、婦人或年輕人，守著廁所，向你索取「上廁所費」，不給，就不能上廁所！

也有許多大男人，為你扶坐在駱駝或驢子的背上，走一段路，就向你強索小費。咦，小費導遊不是已經一起給過了嗎？

「不，你還要再給！」那大男人就是強索，因為他們是靠牽駱駝維生的！

「改變！」人生必須為自己改變、為自己尋求突破！否則，天天死守廁所，或靠牽駱駝、要小費，平庸度日，生命是多麼貧乏呀！

人，總是要突破、要圓夢，要學習新技能，也要用陽光態度勇敢地「調整

生命方向」、「調整生命的麥克風」，才能使自我生命的樂章，更加悅耳、動聽呀！

【戴老師陽光祕笈】

我曾看過一則報導——豐原分局一名顏姓警官，在當了十二年警察之後，毅然決然地提出辭呈，下決心要換跑道，要飛上天空，要當個飛行員。因為，他從小就夢想有一天，能夠展翅高飛，在藍天白雲之中翱翔！

後來，他念了警專、當了警察，也再轉念警官學校，當上了「警官」，在警界服務。

然而，他當「飛行員、開飛機」的夢想，卻始終沒有放棄！

最後，他辭掉了警職，報考「飛行員訓練班」，也通過層層的嚴格考試，終於當上華航的飛行員。

顏姓飛行員說：「當警察、抓歹徒，要不怕死；可是當飛行員、當機長，卻要很怕死！」哈，真是幽默呀！

人，不能「墨守成規、死守舊方法」，因為，條條道路通羅馬！

為了達成目標，就要想辦法、調整策略；也就是，要想成功，就要不斷地調整步伐、改變方法。

在鹽湖城冬季奧運會中，美國滑雪選手克魯格，勇奪男子雪板大曲道銅牌。翌日，報上刊登著「第三名」克魯格的照片，而非「第一名」的照片。為什麼？因為，第三名的克魯格，在一年半以前，才剛剛進行過「換肝手術」。

這位年近三十歲的傑出滑雪選手，得了嚴重肝病，他在被宣布終結運動員生涯之際，獲得一少年捐贈肝臟，讓他重拾信心，進而努力不懈地練習，終於締造出他生命的奇蹟！

他的成就——毅力與堅持，比起第一名，更加令人感動與敬佩。

人活著，就是要不斷地「調整生命的方向」，勇敢、冒險地參加人生的競賽。
我們絕不能心生恐懼，因為，恐懼會使人軟弱無力；
我們都要大膽地「調整生命的麥克風」、大膽地克服恐懼，才能迎向勝利！

‧心‧靈‧書‧籤‧

●——「害怕、拖延、放棄」，以及懷疑自己的能力，是一個人失敗的主因。

●——人為的因素無法掌握，但內心的恐懼，是可以靠自己的力量去克服的。

（台灣超級馬拉松好手　陳彥博）

●——「我們已經走得太遠，以至於忘記為什麼出發？……」別忘了，年輕時的夢想，要重拾心中的夢想，和已掉落的堅持。

（黎巴嫩詩人　紀伯倫）

⑮

用口才魅力，行銷自我實力

- 烏龜只有把脖子探出來時，才能往前走。
- 說話的內容，要有力量、有觀點，才有令人信服的說服力。

一天，一位大旅館老闆打電話給我說：「戴老師，你不認識我，但我很需要你的幫忙。最近，我有一場很重要的演講，來參加的同行會有一、兩百人；可是，我知道我講得不好，可不可以請你幫忙我、訓練我一下……」

這位身價數十億元的大老闆，很謙虛，也很積極，就將他練習演講的錄音帶，先送給我聽，幾天後，我們再一起研究其中的優缺點；我也建議他，將一些內容做些修正與刪增，並加入一些笑點與感動人的故事……

後來，他的專題演講，配合專業的投影畫面，終於獲得台下的滿堂喝采！

也曾有一位政府高層首長，由幕僚臨時來電，要我立即前往其辦公室。為什麼？因為，當天晚上他有個很重要的場合必須致詞，而電視台也會做「現場實況轉播」；可是，這首長對幕僚所提供「文謅謅、硬邦邦」的講稿很不滿意，也很頭大，根本不知道該怎麼講？

記得那天，我這小子第一次進入那戒備森嚴的建築物，一進入口，每走幾步路，就有憲兵、崗哨，讓我有點緊張時，然而，在辦公室裡討論時，這首長卻十分隨和，也對我告訴他「當晚致詞時，可以如何開場」的說法，頻頻點頭。那時，我們一邊吃著便當、一邊腦力激盪，想出更輕鬆、更有親和力的致詞文稿。

當天晚上，我打開電視，看見這位首長在現場電視轉播時，竟可以不看任何文稿，且面帶微笑地將「我們先前所討論、定調的內容」，自然順暢地講出來。

鍛鍊口才魅力，才能如虎添翼

我知道，自己很微小，沒有什麼值得誇耀之處；然而，我之所以講這兩個小故事，是想提醒正在努力向上的年輕人——「口語表達能力」很重要，不可忽視！

將來，縱使我們在專業領域中，有傑出的表現，但若沒有良好的口語表達能力，則會是一項缺憾。因為，如果身為主管或老闆，一站上台去，說話畏畏縮縮、吞吞吐吐、沒有大將之風、沒有幽默感，是多麼可惜啊！

我曾被邀請在某政府部門的一項競標簡報中，擔任評審工作；前來競標、做簡報的，都是大公司老闆。可是，一站到台上，面對五、六位首長和評審們開始說話，每個老闆的簡報功力就立見真章。

有人從容自信、談笑風生，再配上電腦圖表或動態影片，極具說服力。

然而，也有些老闆，雖然準備作業很用心，但在簡報時，顯得十分緊張，左手拿著麥克風，右手也不知所措地玩繞著麥克風線；有時，也不自覺地將「伸縮指示筆」，不停地拉長、縮短……

要出人頭地，就要用口才行銷自己

其實，口語表達能力是可以訓練的！我們常看見極有學問的教授、牧師、神父、工程師、化學家……準備內容非常充分，但表達能力卻很不吸引人；有時台上地說話，台下也吱吱喳喳地說話，或大打瞌睡，以致原本有「十分實力」，台上的表現只有「三分效果」，這豈不是非常可惜嗎？

就我個人經驗，「大聲朗誦」、「時常演練」是自我訓練的重要方法。

以前，我一早起來，隨便拿個報紙、新聞稿、散文或廣告宣傳單，就開口大聲念、有感情地念……坐公車時，也對著車廂廣告，喃喃地念著內容文案；走路，也自訂個題目，做三分鐘的即席演講。而去聽專家演講時，我也試著勇敢舉手，在許多聽眾面前「勇敢地站起來」，學習從容不迫地發問。

真的，口語表達能力的培養，是自己的事，也是為自己而磨練！雖然，不停地訓練，不一定馬上有立竿見影之效，不過，「用不著，沒關係；用得著時，你就比別人強」，不是嗎？

有句話說：「寶劍鋒，從磨礪出；梅花香，自苦寒來。」

不停地找機會，磨練自己的口語表達能力，是「鍛鍊自己、推銷自己」的最好方法！因為，在這處處講究行銷的世界裡，我們要出人頭地、獲人青睞，就得學會包裝自己，做好個人的「自我行銷」啊！

時報出版
CHINA TIMES PUBLISHING COMPANY
尊重智慧與創意的文化事業

地址：台北市108019和平西路三段240號5F
電話：(0800) 231-705 (讀者免費服務專線)
(02) 2304-7103 (讀者服務中心)
郵撥：19344724 時報文化出版公司
網址：www.readingtimes.com.tw

讓**戴晨志**老師喜怒哀樂的作品，陪伴您一起歡笑、成長。

寄回本卡，您將可獲得戴老師的最新出版訊息。

◎編號：**CLF0040**　　書名：**受用一生的陽光態度**

姓名：

生日：　　年　　月　　日　　性別：□男　□女

學歷：□1.小學　□2.國中　□3.高中　□4.大專　□5.研究所（含以上）

職業：□1.學生　□2.公務（含軍警）　□3.家管　□4.服務　□5.金融

□6.製造　□7.資訊　□8.大眾傳播　□9.自由業　□10.退休

□11.其他 ____________

地址：□□□ ____________________

____

E-Mail：____________________

電話：(0)__________(H)__________(手機)__________

您是在何處購得本書：

□1.書店　□2.郵購　□3.網路　□4.書展　□5.贈閱　□6.其他

您是從何處得知本書的訊息：

□1.書店　□2.報紙廣告　□3.報紙專欄　□4.網路資訊　□5.雜誌廣告

□6.電視節目　□7.資訊　□8.DM廣告傳單　□9.親友介紹

□10.書評　□11.其他

請寫下閱讀本書的心得、建議或想對戴老師說的話：

【戴老師陽光祕笈】

一天，我看到了一女生面孔：「咦，她不是我教過的學生嗎？可是……怎麼可能？她怎麼可能也當上電視記者？」

真的，我很難相信，那女生會坐上主播台。因為，她剛進入口傳系時，是個非常害羞的女生。在演講學課堂上，她一站上台說話，就全身發抖；有一次，話才剛講不到三十秒，她就說不下去，最後哭喪著臉、走下台去。

我盯著電視螢幕——她化了妝，臉型沒變，可是，她是全班最不敢說話的同學呀！一直到畢業，她從來不敢主動上台演講。可是，我萬萬沒想到，一個是「全班最不可能上台說話的女生」，竟然搖身一變，成為電視主播。

我知道，畢業後她出國進修，拿了碩士回國；看著她在螢幕上的表現，我相信她是下了許多苦心、突破心理障礙、不斷地訓練膽量和口才，才有機會坐上主播台！

我真的打從心裡佩服她，也再一次印證——「說話技巧和口才魅力」是可以訓練的。只要有心，都可以從麻雀變鳳凰，變成一位滔滔的說話高手。

「全球華人競爭力基金會」董事長石滋宜博士曾說，他一生中最後悔的事，就是對自己的語言能力從未認真下過工夫；所以在留日期間，他常覺得，要將論文在十五分鐘內好好地表達出來，十分困難。

因此，石滋宜博士特別要求專業的年輕人，一定要學習用「One page report」（一頁式報告）的方式，將複雜的專案，以清楚、明確的方式，從容且鎮定地表達出來，讓所有的與會者都能聽得懂。

的確，我們要會寫三萬字的報告，也要會寫三百字的精彩摘要。

我們要會講三小時的演講，也要會講三分鐘的精彩短講。

我們絕不能畏縮地說「我不會講」、「我不敢上台」；因為，西洋人說：「A turtle makes progress only when he sticks his neck out.」（烏龜只有在把脖子探出來的時候，才會有進展）。

・心・靈・書・籤・

● 所謂「Power point」，就是說話的內容要有力量「Power」，還要有觀點「point」，才會有令人信服的說服力。

● 我們花了兩、三年學會說話、表達，卻要花上一輩子來學會「閉嘴」。

（美國記者、小說家　海明威）

● 讓事情開始的方法，就是停止說話，趕快動手去做。

（迪士尼公司創辦人　華德・迪士尼）

⑯

醒來看到陽光，就要微笑哦！

- 倒空自己！要「鬥志」，別「鬥氣」啊！
- 每天，都要快樂為自己而活！

我認識一女孩，從頂尖國立大學物理系碩士第一名畢業，她的物理專業知識，連男生都不是她的對手。

後來，她獲得「全額獎學金」到紐約攻讀博士，系上的老師們相信，她一定可以在三年內（二十八歲前），拿到博士學位。

在紐約念書時，這女孩的成績幾乎都拿到「A」，是班上成績最好、最優秀的的學生。

可是，當她在做實驗研究時，與教授起了衝突。她堅持，是教授的見解有錯，結果，兩人水火不容；最後，博士資格考時，被教授當掉、退學了。

後來，這女孩回台一陣，又申請到加州的一所名校，繼續攻讀博士學位。

可是，她在寫論文時，又批評教授的看法有錯誤，也嫌教授雜務太多、不專心做研究、懂得沒有比她多，實在「不夠格」來指導她。最後，這女孩又黯然離開了那所加州知名大學。

您知道嗎？這天才型的女孩、物理頂尖高手，在美國念了「四所大學博士班」，到了四十歲了，都沒有拿到博士學位。

她總是在越洋電話中告訴家人——我的指導教授「很爛」、「沒什麼程度」、「沒資格指導論文」……

後來，這女孩，噢，不，應說是「女士」，孤獨地回到台灣，天天窩在家裡，看書、看電視、睡覺，也不出去找工作，讓年邁的老爸頭痛不已。

她的弟弟總是勸她：「姊姊啊！妳有什麼偉大創見，也都要好好跟教授溝通，不要再和教授吵架了好不好？……妳在美國唸了四個大學研究所，都跟教授處不好，一直拿不到博士學位……妳可不可以先拿到博士學位後，再去發展妳的長才、理想和抱負……」

後來，這位女物理高材生，因每天鬱鬱寡歡，也不幸罹患了乳癌，已經不幸英年早逝了！

不比「氣盛」，要比「氣長」

事實上，我們的人生不能是一個「滿水的杯」，別人隨便一拍，水就滿溢出來。

我們每天必須是個「倒空的杯」，虛心學習，讓更多的「水」和「智慧」，都能放進我們生命的「空杯」之中啊！

在新北市有一個小廟，其中，洪姓「廟公」希望將新增設的神桌，做成圓弧形；可是，綽號「師公」的丁姓男子卻認為，這樣做很像墓碑，即私下向工匠建議，將神桌改做成方形。

結果，「廟公」與「師公」發生口角爭執、大打一架，最後「廟公」被「師公」以鐵鍬重擊，傷重不治而死，而「師公」亦被移送法辦。

唉，神桌要做成「圓形」或「方形」，大家可以坐下來好好溝通、商量，何必比「氣盛」呢？人要用智慧，活出有意義的生命，也要「氣長」啊！

人活著，是要「鬥志」，而不是「鬥氣」呀！

人就是要有陽光態度——「**看好自己，也包容別人，尊重他人！**」

硬是「堅持己見，容不下別人」，或「只有自己是對的，一定要拚到底」，且常是自以為是，就看不到自己的盲點啊！

人，為什麼一定要拚輸贏呢？能不能為了更好的結局，放下「自認為對」的道理；要拚，就拚誰先放下吧！

有時，放下自我時，結局會更美好！

因為，退步原來是向前；退一步，就能跳得更遠！

【戴老師陽光祕笈】

有一名台中的女讀者和我約定，到我位於台灣大學附近的辦公室來看我。

當天，我比較忙碌，所以就先打電話知會她，請她稍等一陣子，也因此，這女讀者只好在附近蹓躂。

後來，當她進入我辦公室時，我以為她會有點不悅，可是卻見她滿臉笑容，並對我說：「戴老師，我剛剛做了一件令我很開心的事！」

「什麼事？」我問。

「剛才，我提早到台北了，我看，跟你見面的時間還有一個多小時，我就到台大校園去逛逛！」

這女讀者繼續說道：「可是，台大校園那麼大，我怎麼走得完？我記得你曾經告訴我們——『**遇到困難，只要開口，就有機會！**』所以，我就鼓起勇氣，做了一件事……」

「什麼事呢？」我真的很好奇。

「我呀，我勇敢地向台大警衛室的校警問說：『請問，你的腳踏車有沒有用啊？我從台中來台北，只有一個小時的時間可以逛逛台大校園，如果，你的腳踏車暫時不用，那可不可以借我用一個小時啊？』」

「結果呢？校警借給妳了嗎？」我問。

「借啦！我的態度那麼好，又這麼可愛，他當然借給我啦……我有押一張證件給他啦！可是，我真的很開心，我騎了一個小時的腳踏車逛台大校園，一邊騎、一邊唱歌，也真的體會到——『只要開口，就有機會！』」

從這女讀者的臉龐，我看見她——在遇到問題與困難時，勇敢開口、具體實踐、解決難題的喜悅。

人生就是要樂觀、開懷；勇敢開口、展開笑臉，為自己解決問題；「要鬥志、別鬥氣」；要選擇快樂，別選擇憤怒啊！

同時，人也要懂得「轉念」；早上起來，看見陽光，就是最好的禮物，也是最棒、最美好的一天，我們都要快樂的為自己而活啊！

・心・靈・書・籤・

●——失敗、挫折時要挺腰；成功、得志時要彎腰。

●——「憂慮」像一張搖椅，它可以使你有事做，卻不能使你前進一步。

（德國十八世紀文學家　席勒）

●——遇到再倒楣的事情，裡面一定藏著一個寶物；得到一個再好的寶物，裡面一定藏著一個定時炸彈。

（知名出版人　郝明義）

⑰

美好的源頭，經常是痛苦的

- 敢於承擔困頓的生命，才是真正的勇者。
- 一個人，要——「踩著嘲諷、踏著失敗、跳躍成功」。

外電報導，曾獲得美國頒發「國際五星鑽石獎」的法國知名廚師貝納．羅梭，在他法國索留鎮的家中，拿著槍，朝著自己的嘴巴開了一槍，自殺身亡。

為什麼這知名廚師會舉槍自盡呢？因為，貝納．羅梭所開的餐館，被一本《Gault Millau》美食指南雜誌，評等「降級兩分」，他十分在意，覺得顏面無光，就做出了傻事。而他的同事在哀傷之餘，忍不住大罵該美食雜誌：

「《Gault Millau》真棒，你們贏了！你們的評分，終於評掉一條人命了！」

「你們這個雜誌，隨便看看、吃吃，就在這裡減一分、那裡扣兩分，你教我們辛苦一輩子的廚師情何以堪？你們評審，就像太監一樣，理論一大堆，只有一張嘴、一支筆，隨便講、隨便寫，叫你們自己做菜，你們行嗎？……」

我曾看過賣酒的約翰走路廣告，他們的廣告很簡單，沒有美麗的酒瓶，也沒有帥哥美女，只有用黑底白字寫道：

「我不在乎路況有多艱難，我只知道目的地的風景有多麼美好。」

「就算走錯路，也不要慌，堅定的步伐，將引領我們找到出路。」

「只要你知道往哪裡去，這個世界一定會為你讓出一條路來。」

是的，只要我們知道自己的方向和目標，就沒有人可以阻攔我們，這個世界一定會為我們讓出一條路來；即使我們路走歪了、或走錯了一小段，心裡也不要慌張，因為堅定的步伐與信心，將會為我們找到一條出路呀！

所以，辛苦做出來的美食、佳餚，被評等降級兩分，真的只是一個「小小挫折」呀！何必那麼在意，而輕生自盡呢？一個人，「能忍則安」啊！

從小，我的成績就不好，在台中市衛道中學念書時，英文、數學、物理、化學、歷史、地理……好像沒有一科成績是好的，甚至在畢業時，「英文、數學」兩科成績都還不及格呢！

而在念國立藝專時，「廣播英語」一科也曾被英文老師當掉！

可是，這又有什麼關係？人的一生，又不是靠英文、數學、物理、化學才能夠活；一個人的成績單，絕不能拿來當飯吃呀！

成績單、評等分數，只是一張紙、一個數字，它算老幾，它怎麼能來左右我們的生命？

看著一些資優高材生，接二連三地上吊自殺，真令人難過。一份成績單，或是幾句評語，都只是一張薄紙，它，怎能跟我們寶貴的生命相比？

「挫折，只是一小段落中的句點而已啊！」

在人生的大篇文章中，會有無數個「句點」，但也可以創造出更多令人驚奇、讚嘆、大大的「驚嘆號」呀！

我沒心情哭泣，也沒時間自殺

報載，以前有個澎湖孩子洪真曜，只有國中畢業；退伍後，即到高雄找工作。可是，他在搭建廠房時，不慎觸及高壓電，全身著火，被送到醫院急救，第六天才甦醒過來；那時，他已經被截肢，少了一條手臂，右膝韌帶也燒壞了，需要靠助行器才能夠走路。

在出院當天，沒有右手的洪真曜，就立刻一跛一拐地四處找工作；他說：

「我沒有心情哭泣，也沒有心情抱怨，更沒有時間自殺，我……還有老父、老母要養！」

看到這句話，我真是感動。即使多災多難、噩運降臨，自己也要勇敢站起來，哪有時間哭泣、抱怨、自殺？

後來，洪先生回到澎湖老家，他一直動腦筋，發明「釣鉤固定器」，四秒鐘即可做好一個釣鉤；他也發明「打章魚機」、「自動起錨機」，也自創「大角落收線法」，也因此，他的漁獲常常滿載而歸。

真的，「敢於承擔困頓的生命，才是真正的勇者！」

在遇見災難時，如果自己不能從苦痛的深淵中爬出來，別人也幫不上忙呀！

我有個小兒麻痺的朋友說，他活到四十多歲，「還不知道雙腳走路的滋味」！可是，他不管別人的眼光，經常推著輪椅四處走動；他說：「**只要自己想走出去，誰也攔不住我呀！**」

【戴老師陽光祕笈】

有個媽媽說，一天，她到學校裡探望小兒子，竟聽見小朋友對兒子說：「月亮，你媽媽來看你了！」

兒子的媽媽很納悶，奇怪，怎麼兒子的名字變成「月亮」了？就問兒子：

「為什麼你的綽號叫月亮？是因為你的脾氣好、個性溫和嗎？」

「不是啦！是我走路駝背，看起來像個彎彎的月亮，所以他們叫我月亮！」

「那你不會生氣嗎？」媽媽問。

「像月亮也沒什麼關係啊！也不會怎麼樣嘛！」兒子說。

小時候，兄弟姊妹之間都會被叫綽號，我的名字叫「志」，念起來有點像

「豬」；而且，在十二生肖中，我是「屬豬」，所以我就常被叫成是「豬」。

稍長後，有人說，我長得矮矮胖胖，臉圓圓的，很有福相，而且，耳垂又厚又大，所以就有人叫我「大耳仔」！

後來，到高中念書，念了比較多什麼「孔子、孟子、莊子、荀子……」而我呢，姓戴，所以自然就被同學尊稱為「呆子」（戴子）。

其實，不管是「豬」也好、「大耳仔」也罷，或是「呆子」也無所謂，我，就是我！你們愛怎麼訕笑、嘲諷、揶揄都沒關係，因為，一切都將過去！

我就是要爭氣，不要生氣！

「踩著嘲諷、踏著失敗、跳躍成功」的人，才是可敬可佩呀；

「美好的源頭，經常是痛苦」的人，總是在落難中成長呀！不是嗎？

心・靈・書・籤

- 愈挫愈勇、屢敗屢戰，人生才會有意義！
- 自我放棄的人，連老天也救不了你。
- 「能忍，則安。」頂過風雨，才能看見彩虹！

⑱

勇敢往前走，中傷你的人就落在後面了

● 能受天磨方鐵漢，不被人嫉，是庸才。

● 若想讓每個人都滿意，就一定會失敗！

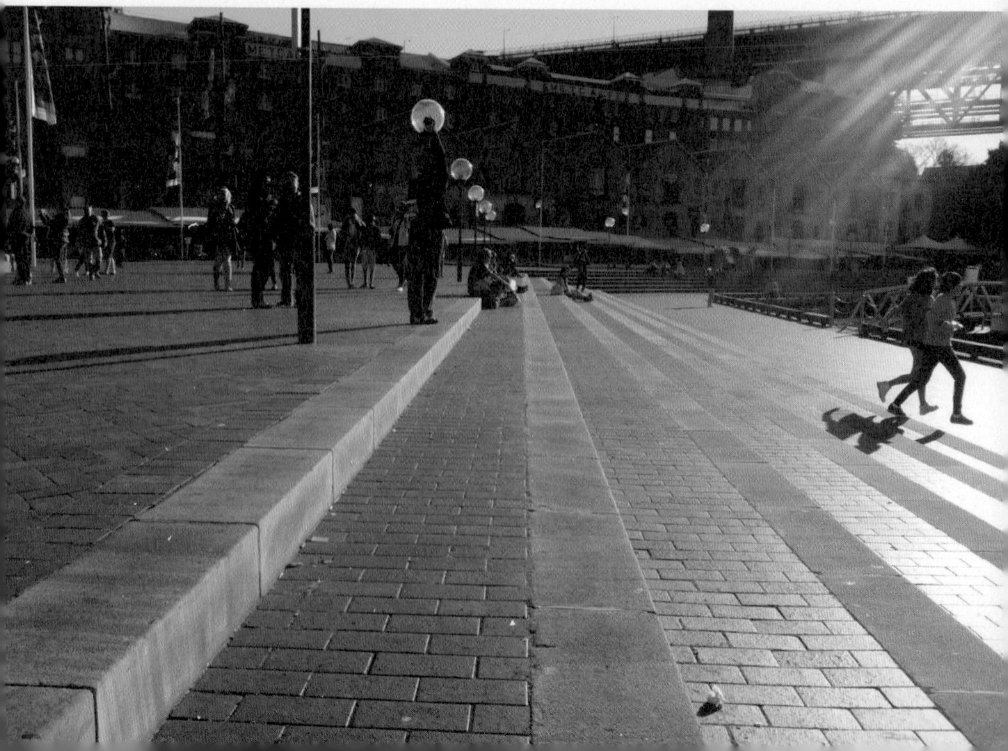

宋朝有個人名叫呂蒙正，他的父親脾氣很不好，一天，在與母親吵架後，竟把他和母親趕出家門。

後來，母親帶著幼小的他，投靠在一家寺廟裡，每天幫忙打掃、抬水；而他，則在寺廟老和尚的教導之下，勤奮地念書、寫字。

長大後，呂蒙正第一次出遠門，走過伊水邊，看到有人正在賣西瓜；他好想吃，可是身上沒錢，即低著頭、快步走過。

這時，賣西瓜的人一直叫他：「來啊，相公，來吃一塊西瓜，很甜哦！」

然而，呂蒙正依然低著頭、搖搖手。

賣西瓜的人看這年輕人，衣衫破舊，知道他是貧苦人家的書生，沒有錢，就拿著一塊西瓜，追了過來說：

「相公，這塊瓜給你！」

「不，不，我沒有錢，我沒有錢……」

「你不用客氣啦，這是送你吃的，不用錢啦！」賣瓜的人硬將西瓜送給他。

後來，呂蒙正感激地接下西瓜，也不停地點頭向賣瓜人致謝。

在大熱天中，呂蒙正口很渴，即心急地咬了一大口西瓜；沒想到，西瓜居然噎住、嗆到了，以致他一直咳，才將西瓜子咳了出來！

此時，呂蒙正心中百感交集，想到一身悲涼的身世，現在，連吃西瓜都還要別人請客，而且還會噎到，他忍不住地哭了。

臨走時，呂蒙正向賣瓜人說：「將來，我若有成，我一定會回來謝謝你！」「不用了，才一塊西瓜而已，不用言謝，不用放心上！」賣瓜人微笑說。

後來，呂蒙正發憤圖強、用功念書，幾年之後，竟考上了「狀元」！

窮酸書生與「噎瓜亭」

過一陣子，他和一些同為榜上有名的書生，應皇上之召，一起前往朝廷議論國事；然而，呂蒙正很窮，身上穿的衣服，看起來有點寒酸。

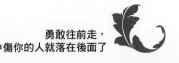

當大夥兒和皇上議論完國事、退朝之後，眾臣之中就有人在後面冷笑地說：「奇怪耶，今年的狀元，怎麼是這副窮酸樣？……他怎麼配跟我們一起議論國事？」

這時，呂蒙正假裝沒聽到，頭也不回地走了過去；可是他的同事很生氣地轉過頭去問：「是誰？是誰說的？……有種的報上名來！」

「不，不要問！我不要知道他的姓名。知道了，永遠忘不了，不如不知道的好！」呂蒙正拉著同伴，阻止他查問是誰。

「唉，這世間，難得有你這麼心胸寬大的人，你將來一定可以做宰相！」同伴們如此說道。

後來，呂蒙正果真做到宰相，也是宋朝非常賢能、政治清明的好宰相。而他，在功成名就之後，也回到故鄉吃西瓜的地方，向賣瓜人致謝，同時，也在伊水邊蓋了一個亭子，名叫「噎瓜亭」。

一個窮書生、考上狀元，當然會有人嫉妒、眼紅，甚至批評！可是，人要一直在意這些小人的「讒言和毀謗」嗎？要一直將惡言中傷的話，放在心裡嗎？

事實上，一個人，只要有成就、有成績，就會遭受到別人的批評和責難！

以前，有一教授在看到我心中飽受委屈、難過時，就曾對我說：

「晨志啊，一棵樹，要不是果實纍纍，怎麼會有人拿石頭去丟它？」

而古人不也說：「能受天磨方鐵漢、不被人嫉是庸才」嗎？

真的，每個人，都可能被人惡言批評，可是我們又無法去管別人的「口和舌頭」呀！

想想，即使是拿到奧斯卡金像獎「最佳男女主角獎」，還是有人不喜歡、有人批評、有人嘲諷，不是嗎？

你無法迎合所有人的口味

所以，日本有個著名的拉麵店老闆，在接受訪問時說——「**我成功的祕訣**

是，要創出自己的風格！而且要記住，你無法迎合所有人的口味！」

的確，人有千萬種，我們如何迎合萬人的口味，讓每個人都讚賞？所以，有個智者曾說：**「我不知道怎麼才能成功，但，我知道，若想讓每個人都滿意，就一定會失敗！」**

其實，毀謗的話，就像一陣風，一下子就過去了；人最重要的是要「勇敢做自己」——做個獨特、漂亮的自己！

我們不能太在乎「別人的眼光、別人的舌頭」，也不能一直被「別人的惡意中傷」所困呀！

人，若只會迎合別人，自己就不像自己！

而且，八面玲瓏的人，也不見得有知心朋友、不見得人人真心喜歡呀！

所以，只要我們心安理得，勇敢地往前走、往前游，則那些人、那些中傷的話，就會像漂浮的水草一樣，被遠遠地拋落在我們身後呀！

【戴老師陽光祕笈】

「南中國」文學社在開創之初，希望名人魯迅能為創刊號撰寫文章，以提升該刊的知名度。可是，魯迅說：「文章還是你們自己寫好了，以後我有機會再寫，免得有人會說，魯迅找青年人來為自己捧場。」

刊物編輯說：「我們都是窮學生啊，如果我們的刊物第一期銷路不好，可能就出不了第二期了。」

此時，魯迅回答說：「要刊物銷路好很簡單啊，你們也可以寫文章痛罵我，這樣刊物的銷路可能會更好！」

的確，罵些知名人士的文章，或刊登一些緋聞、八卦消息，銷路可能會更好！然而，被批評、被影射或被痛罵的人，心情則是陷入了谷底；尤其是被人不實地造謠、謾罵、詆毀的人，滋味更是不好受。

可是，我們管不了別人的嘴巴呀！我們只能深切反省自己，有則改進，無則低調回應。

因為，「逆境，正是老天的考驗」，也是讓自己學習內斂、隱藏的工夫，切忌鋒芒太露啊！

因此，我們絕不能被讒言、誹謗所打倒，更不能讓心情陷入險境，因為，「石頭雖然撞倒了金杯，金杯仍然十分貴重，但，石頭仍舊是石頭。」所以——

比被人議論更糟糕的是——根本沒有人議論你。

真的，沒有人會去踢一隻死狗。

面對惡意批評，我們只能把它當成是「老天賜給我們磨練、警惕的禮物」；但，也要更勇敢、不失志地走自己的路！

·心·靈·書·籤·

所有的不快樂，都來自一種現象，
那就是——太在意別人的嘴巴與批評。

我不懂成功的祕訣，但我知道，
失敗的關鍵在於試圖討好所有的人。

（美國喜劇演員　比爾·寇斯比）

如果你希望被人喜歡，就必須事事妥協，
那麼，你什麼事也做不成。

（英國已故首相　柴契爾夫人）

輯四

行事要心細，才不會敗事

⑲ 想走在顛峰，就要居安思危

- 事以急躁而失敗者，十常八九。
- 每一天都是最美好的日子，但要更小心、別大意。

已經二十二年了，至今，我仍偶爾會回憶起這個女孩。

當時，我剛到美國奧瑞崗大學念博士班；她，從印尼來，是華裔，但不太會講中文，是碩士班的學生。我們雖不同系，但卻很有緣，一起選修某一位教授的課程。

她名叫莉娜，個子不高，長得清秀、可愛。在那個班級，外籍學生不多，而我們剛好又都是華人，自然聊天、討論在一起；甚至下了課，她到我家來吃中國菜，或我到她家吃印尼餐。我記得，她做的印尼餐，喜歡加很多咖哩，味道總是較辛辣。

暑假前，莉娜很興奮地告訴我：「Charles，我被錄取了，這個暑假，我要到康乃爾大學去當講師了！」

「真的？妳去教什麼呢？」

「去教印尼語啊！康乃爾大學暑假開印尼語的課，我去應徵講師，就被錄取了！」

「哇，太棒了！」真的，我為莉娜感到高興，她是那麼積極、努力為自己找尋更多的機會；如今，她被錄取，成為知名康乃爾大學的「印尼語講師」，儘管只是暑假兩個月的語言短期班。

過幾天，我也很高興地告訴莉娜：「Lina，我也被錄取了耶……」

「真的啊！你也要去教中國話啦？」

「不是啦，我是要到華盛頓ＤＣ去參加『國際大眾傳播學生領袖研習會』。妳知道嗎？二十多個名額，每個國家只錄取一人，台灣學生只有我被錄取——免費的喲！全部機票、食宿都由美國新聞總署招待哦……」

當然，莉娜也為我感到高興。

我們兩人在美國的第一個暑假，除了努力念書之外，我們都主動積極地爭取，也都找到「額外學習的機會」——她是去康乃爾大學教語文、賺錢，我則是免費到首都華盛頓ＤＣ，去參訪、觀摩各大傳播媒體。

開車同遊尼加拉大瀑布、加拿大

正因為華府與康乃爾大學都在美國東岸，所以我們就相約，當我的大眾傳播學生領袖研習會結束，也在紐約探視完親友之後，就搭乘飛狗巴士，前往康乃爾大學看望莉娜，並且，一起開車到加拿大的多倫多，度三天的假期。

搭了六、七小時的飛狗巴士到達康乃爾時，我人已經累垮了；不過，莉娜和我，就如同「他鄉遇故知」一樣親切。

畢竟，在全球六十多億人口中，能萬里迢迢、有緣地在美國的奧瑞崗大學一起上課，如今，又在千里之外的美東康乃爾大學一起相遇、同遊，豈不是令人興奮、珍惜？

開著租來的車子，我們經過水牛城，也到達美加邊界的「尼加拉大瀑布」，哇，真是壯觀無比呀！

我和莉娜，雖都是華人，但她不會講中文，所以我們之間，只能完全用英語來交談。

我的英語一向不是太好，一路上，我一邊開車、一邊絞盡腦汁，把我所學過的英語單字全部搬出來、隨便講；只要是想得到的英文，都拼拼湊湊、嘰哩咕嚕地亂講，管她聽不聽得懂，反正，莉娜很多的「印尼腔英語」，我也是聽不太懂，哈！

處順境時，不能粗心大意、得意忘形

我們的車子，一直開，兩人有說有笑地聊天；車子經過了加拿大的護照檢查哨，即進入加拿大。其實，加拿大和美國是一家親的，景觀、人文、語言、環境都差不多，雖然我們都是第一次到加拿大，但心裡卻是篤定的，不害怕。

因為，我和莉娜處得很融洽，她的個性很隨和，而漂亮的臉蛋總是笑笑地看著我；儘管有時路不熟、走錯路或找不到路，她總是笑嘻嘻地對我說：

「Charles，沒關係，慢慢來、不急，我們平安就好！」

而在我車速超快時，她也不時地提醒我：「在順境、開快車時，要更小心哦！」她話才一說完，就有一隻鹿衝了出來，「嘎——」還好，我緊急煞車了，好險！

想想，也的確，人在開心得意、車愈開愈快時，就表示快容易出事了！煞個車、減慢速度吧！

在逆境時，我們都知道要「小心謹慎、克服難關」；但在順境時，更不能粗心大意、得意忘形，以致招來災禍呀！

【戴老師陽光祕笈】

過去多少大企業家，如東帝士集團、肯尼士網球拍，過去不都是聲名赫赫？然而沒有多久，事業垮了，老闆不再風光了，甚至破產、不見蹤影了！

而全球著名的歌星麥可傑克遜、惠妮休斯頓，過去紅遍全世界，也有私人飛機、私人遊樂園，後來也因私生活醜聞，或吸毒、嗑藥，都已離開人世。

人，在順境、得意時，危機意識就逐漸薄弱，一不小心，就可能會出狀況。因此，要想讓自己始終「處在順境、走在顛峰」，就必須更小心四周的危險啊！

我有個朋友，被任職的公司裁員了！為什麼？因為「年過四十、薪水太高、潛力太少」！人在平步青雲時，常會忘記「居安思危」，以致栽了跟斗。

在競爭如此激烈的環境中，如果我們沒有警覺心，而只是原地踏步，也沒有創意、沒有突破，那麼，就會像一隻「在水缸裡被熱水逐漸煮燙的青蛙」，不知外在的環境已經大大地改變，而遭淘汰。所以——

「得意時，需找一條退路，才能不危於安樂；失意時，需找一條出路，才可以生於憂患」。

因為，「事以急躁而敗者，十常八九」。

而金牌，總是屬於那些「小心謹慎、又能頑強堅持的人」。

・心・靈・書・籤・

建立聲譽得花二十年，但五分鐘就能毀掉它。

(If takes twenty years to build a reputation and five minutes to ruin it.)

（美國投資大師　華倫・巴菲特）

要常提醒自己，苦幹這些年，

不是為了要得到什麼，而是在乎做過些什麼？

（香港詞人　林夕）

對人要心細，心細才知體恤；

行事要心細，心細才不會敗事。

（佛光《菜根譚》）

⑳

你想減少奮鬥二十年嗎？

● 我所能想像得到、最可悲的事情，就是——習於奢華。

（英國喜劇泰斗　卓別林）

● 上帝給我美貌、名聲、成功和財富，所以沒有給我幸福。

（已故好萊塢影星　伊莉莎白泰勒）

我的一個好朋友告訴我，他年輕時候的故事——

大概是二十年前了吧！那時，我剛退伍沒多久，進入一家銀行當櫃檯行員。當時，我們能在銀行裡找到一份差事，真的很高興，做事戰戰兢兢，不敢有絲毫的差錯。

後來，有個中年太太經常來存錢、提錢，她總是笑嘻嘻地跟我聊天。一天，這穿著時髦的太太又來銀行，她刻意壓低聲音對我說：「劉先生啊，你也已經到了適婚年齡了，我看你這個人相貌很不錯，做事又很認真，我把我女兒介紹給你好不好？」

「啊……」當時，我愣了一下。這外表華麗的太太又說：「我覺得你人很好，對人又很誠懇，我很欣賞你；我已經帶我女兒來偷偷看你兩次了，她也說，她願意跟你做朋友……」

好吧，既然都已經「被偷看過了」，而且人家也不嫌棄，那麼就試著交往看看吧！隔天，那太太就帶女兒來，把她交給我，並送給我兩張「音樂家傅聰鋼琴演奏會」的票，叫我帶她出去吃飯、聽音樂會。

憑良心說，這女兒長得滿清秀的，個性含蓄、內向，也留著烏黑亮麗的長髮；跟她一起吃飯、聽音樂會，感覺滿舒服的。就這樣，我們約會了好幾次，一起去看電影、逛街、逛書店……

你可以減少二十年的奮鬥

一天，這太太又來銀行，把我拉到一旁說：「劉先生，你對我女兒印象怎麼樣？」

「嗯……很不錯呀！」

「對啊，我看你們兩個人很登對，你要好好把握哦！……你知道嗎，以前很多大老闆都在追我女兒，可是我女兒都看不上眼，你要多用一點心、多下工夫追她哦！我告訴你啊，能娶到我女兒，是你一輩子的福氣耶！」

那天，這太太硬是等我下班，說要請我吃飯。好吧，好歹這也是人家的好意啊！

席間，這太太問我：「小劉啊，你家住在哪裡？」

「我……我現在跟我爸媽住在民生社區的公寓裡。」

「民生社區？你知道嗎，民生社區那附近有一整排、十多棟房子，都是我們家的；以後，你如果和我女兒結婚，我就送你兩棟房子，我保證，你一定可以減少二十年的奮鬥！」

這太太講話時，總是眉飛色舞、嗓門很大；後來我才知道，她們家是做鋼鐵業、營造業的，賺了不少錢。

這時，這太太又對我說：「你剛剛說，你和你爸媽住在一起啊……以後你跟我女兒結婚，你最好不要和你爸媽住在一起，最好搬出來，反正我會給你房子住……老人家問題很多、很麻煩，一下子要伺候他們、一下子又有婆媳問題，真的很難搞……而且，我女兒也不會做菜，你們結婚後，每天在外面吃飯就好了；如果有了孩子，再請個傭人來煮菜、帶小孩就可以了……」

在吃飯中，幾乎都是這太太在說話，我只能看著他，笑一笑。我……我能說什麼呢？我只是銀行的小行員而已啊！菜吃完了，服務生把碗盤收走了，桌面乾淨了許多。不久，服務生又送來一盤水果。

吃著西瓜時，這太太突然從皮包裡拿出一個信封，交給我說：「你打開來看看！」我以為，又是哪一場音樂會的票？可是，我一打開，裡頭竟是一本郵局的存摺。

「這……這是做什麼？……」我不解地問。

「小劉啊，我看你每次約我們家筱芬出去，都是坐公車或計程車，看起來很寒酸、很不稱頭；這樣子啦！你去我郵局的戶頭裡，領個八十萬，你自己先去買一輛車子，這樣每天接送我女兒比較方便、也比較體面……」

那頓飯，是我和這太太的第一頓，也是最後一頓飯。

我，心意已決。不管能減少多少年的奮鬥，我已決定，我不要了！我不要別人的施捨，也不要高攀別人，更不要去提領別人存摺裡的錢，來為自己買一輛新車。

而那清秀的女兒，是無辜的。當我把「和她媽吃飯」，以及「決定分手」的事告訴她時，她哭得死去活來！

但，我的理性告訴我——這位富有的太太，一定不能成為我的「丈母娘」，否則我一定會瘋掉！我寧願今日忍痛分手，也不願他日很窩囊、無尊嚴地過活。

十多年後，我在路上巧遇這「上了年紀的太太」，她低著頭，不太敢抬頭看我。其實，我早已聽聞，她們家鋼鐵業、營造業的生意，因經濟不景氣，已經垮了，所以，我只輕輕地問她：「伯母，筱芬好嗎？」

「她……她嫁給一個日本人，生了一個兒子；可是，她去年離婚了，現在她一個人和兒子住在日本。」這穿著樸素的老太太，眼神中帶著落寞和憂傷，也從皮包裡拿出一張紙，抄了一個號碼，對我說：「這是我女兒的電話，你可以跟她聯絡，或是，如果你有去日本的話，可以去看她。」

我，接過電話，點點頭，也目送這「無緣的丈母娘」離去。

聽了我的朋友、劉先生的故事，我的心一陣感傷。物換星移，十多年過去了，現在已經是「大公司老闆、事業穩定」的劉先生對我說——那個日本電話號碼，他始終都沒有打；而過去這段「無緣的愛情」，就只能隨風而逝……

【戴老師陽光祕笈】

以前我在當電視記者時，也有人幫我介紹一些家世背景很好、很有錢、也很漂亮的女友；可是，我是「色大、膽小、怕狗咬」的人，不敢和那些又漂亮、又富裕的女孩交往，也不想娶個富家女，讓自己減少二十年的奮鬥。

我總覺得，我自己很平庸，留學歸來，身無分文，只能靠自己的力量，慢慢打拚。

而且，「門當戶對」也是很重。假如，我去高攀富家女子，也坐擁財富，但卻使自己失去尊嚴、常受輕蔑、或被束縛，也失去自我奮鬥的鬥志，這，豈是人生快樂的事？

古時候，莊子曾對兩位大夫說：「有隻神龜，死後被人用布包好，放在匣子裡，珍藏在廟堂上。你們說，這神龜寧願死後被人珍藏、顯得珍貴，還是寧願活在泥水裡，自由自在？」

兩位大夫異口同聲說：「當然活在泥水裡，自由自在！」

莊子說：「這就對了！你們不要再叫我去當官了，我寧願活在泥水裡，自由自在！」

其實，每個人都不想被束縛，都想自由自在地做自己，去追求自己的人生幸福！

而男女之間的結合，也應是兩情相悅，而不要建立在「金錢的誘惑」之上；因為，錢，是可以靠自己的努力賺來的；但人需要的，是「受尊重、受鼓勵、有骨氣、有尊嚴」地來用心經營自己的幸福啊！

・心・靈・書・籤・

● 一夜致富，是可遇不可求；
唯有務實工作，才能開創成功的契機！

● 上帝衡量我們的人生，不是看金錢與財富，
而是看我們幫助過多少人，而使別人變得更好！

● 一個人的價值，應看他貢獻了什麼，
而不是看他取得了什麼？

（物理學家　愛因斯坦）

21

弦太鬆，彈不出聲
人太閒，成不了事

- 好習慣，有影響力；壞習慣，有破壞力。
- 別讓壞習慣，腐蝕自己的生命。

幾年前，美國有一群體重超重的小胖子，向紐約市的法院提出集體訴訟。

原告中的十五歲少年說，他從六歲開始，每天都在麥當勞，吃了許多薯條、炸雞、麥克雞塊和可樂，導致他的體重超過九十公斤，並患有糖尿病。

這些原告們指控說，麥當勞的食物害他們造成「心臟病、高血壓、糖尿病和膽固醇過高」等健康問題。

這項訴訟提出之後，引起各界的矚目，大家都在看，這群小胖子是否可獲得勝訴？如果可以的話，麥當勞就完蛋了，而小胖子們就有救了，因為他們都可以因吃麥當勞「吃得太胖」，而獲得賠償。

可是，後來美國法官史威特駁回這群小胖子的指控。

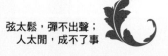

他說：「沒有人強迫你非吃麥當勞不可，你們這群原告（小胖子）超愛吃，能怪誰呀？法律並不是用來保護人們自己漫無節制的行為……吃太多麥當勞會使身體不健康、也會招致肥胖，這是一般人都知道的常識啊！」

是的，沒有人強迫你吃，吃胖了，能怪誰？**我們不能專靠「外在規範」**，來克制自己的行為呀！

別玩物喪志，要自我節制

的確，法律並不會保護我們自身漫無節制的行為；我們對自己所做的事，都必須自我節制啊！

我們不能說：「我看到美食就想吃」「我看到名牌皮包就想買」「我一看到美女就受不了」……

許多年輕人，迷上網咖，一坐上網咖電腦前，就開始不停地廝殺，管他外面是白天或黑夜，好玩就繼續玩！結果——「**玩物喪志！**」

有人三天、五天一直猛打，打到屁股得了痤瘡；也有人七天七夜打個不停，直到突然暴斃而死……這，真是無可救藥的沉迷呀！

另外，也有一些女大學生，念大學不久，就開始與男同學同居，父母再怎麼苦勸，她們總是不聽呀。

理由不外乎是——「男女同居有什麼不好？你們老人家觀念太遜、太落伍了！大家住一起，生活費比較省，又可以一起念書……」

是這樣子嗎？本身「漫無節制、自甘墮落」的結果，是要自己承擔的！

我就曾聽一大學生對我說：「老師，你還記得××嗎？她最近又去墮胎了！她老是愛和男生同居，你知道嗎？這已經是她第三次墮胎了……」

曾有一位游泳教練說，要教一個旱鴨子游泳，並不困難；真正困難的是，要幫一個「游泳好幾年，卻姿勢錯誤」的人矯正姿勢，才是一件難事！

的確，人一旦養成了某種「不正確的姿勢」或「壞習慣」，就必得花加倍的精力和時間，才能將它矯正或戒除。人都要檢視自我行為，不能讓壞習慣無節制地發酵！人生，也絕不能被壞習慣「死纏爛打、緊咬不放」呀！

俗話說：「好的習慣，會有影響力；壞的習慣，更有破壞力！」

是的，壞習慣會「腐蝕人的生命」，我們豈能允許它生根、茁壯呢？

【戴老師陽光祕笈】

孟子曾經說過一個故事——從前有一個人，每天都偷鄰居十隻雞，而被官爺警告，這是不正當的行為！

後來，這個人答應改過，並且承諾說：「我會改啦！我以後不再每天偷人家十隻雞，我以後每天只偷一隻雞就好了！」

孟子評論說，這個人既然知道偷雞是不正當的行為，就應該當機立斷、馬上戒除，怎麼說要慢慢改，只偷一隻雞就好了？

每個人都有許多壞習慣，但要立即改正，的確是不容易的。

例如，人常習慣於半途而廢——「唉，算了，不去考試了！」「唉，算了，懶得再做了！」

於是，書只讀了一半，事也只做了一半！

可是，為什麼不改變半途而廢的壞習慣呢？因為，人常常喜歡舒適、鬆懈，不想緊繃自己啊！

也因此，「弦太鬆，則彈不出聲；人太閒，也成不了事！」

有一次，企業家王永慶先生因晨跑而腰圍縮小了，西裝顯得不太合身，太太特別請一裁縫師到家裡來給他量尺寸，準備訂作幾套新西裝；不料，王永慶突然從櫃子拿出五套舊西裝，堅持請裁縫師幫他把腰身改小就好。

他說：「既然舊西裝都好好的，改一改就能穿了，何必浪費錢再做新的？」

其實，人都需要學習「好習慣」，而剷除「壞習慣」！

「節儉、守時、樂觀、開朗、積極、用心、認真……」都是讓自己成功的陽光態度和好習慣。

我們千萬不要常和「無病呻吟、情緒衝動、不負責任、做事拖拉、虎頭蛇尾、好吃懶做……」的人在一起，否則，我們很容易就會感染到走向失敗的壞習慣。

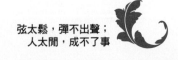

心・靈・書・籤

● 我們的慾望與貪婪，若大於自己的能力，就會陷入貧窮的困境。

● 努力工作、勞動，可以使我們擺脫三大災禍——「寂寞、惡習與貧困」。

（德國詩人　歌德）

● 電視、螢幕並非真實的人生；在真實的世界裡，人們必須離開咖啡廳，用心去工作。

（微軟創辦人　比爾·蓋茲）

㉒

別死守退路，要創新找活路

● 機會的後腦袋是禿頭，沒抓住，它一溜煙，就走了。

● 別為自己築起高牆，而困死自己；要推倒高牆，勇敢走出去！

小時候，我住過台南縣後壁鄉，也住過嘉義縣的義竹鄉；而在這兩鄉之間，有一個小鎮，叫做鹽水鎮。大家都知道，鹽水鎮最有名的是「蜂炮」！

每年元宵節，數以萬計的人群湧向鹽水鎮，大家全副武裝、戴上安全帽，深怕被「萬炮齊發、四處亂射」的蜂炮炸到！

可是，元宵節一過後，鹽水鎮，又變回它靜悄悄、樸素無華的面貌。

每當我南下演講，就順道回家鄉，去探訪昔日的朋友、師長；可是，當車子開進鹽水市區時，只覺得這個鎮人車稀少、房子老舊，要找個鹽水意麵、肉丸，或觀光指南上所寫的點心、小吃，都不容易找到。

真的，鹽水鎮是沒落了。說好聽一點，鹽水鎮保存了安靜清純、古老小鎮的風貌；但說現實一點，它已沒有繁榮商業，沒有都市的大樓，而且年輕人口都外流了。

怎麼會這樣呢？鹽水鎮，原本是個很繁華的城市呀！您知道嗎，一百多年前，鹽水就有船隻可以進出的港口，人潮甚多；在那日據時代，日本人甚至規劃縱貫鐵路經過鹽水，讓鹽水能擁有水運和鐵路的優勢。

然而，當時有許多地方大老和仕紳都認為，若讓鐵路經過鹽水，一定會斬斷「龍脈」、破壞當地極佳的「風水」，也會影響地方繁榮，因此，他們誓言反對到底——絕不准許鐵路經過鹽水。

鐵路計畫為了不觸怒老百姓，就只好改道，改在「新營」設站。沒想到，經過數十年的變遷，新營早變成熱鬧的城市，經濟繁榮、商業發達，有體育場、文化中心、大賣場……而鹽水呢？靜靜地，沒有商業氣息，年輕人都外出找工作了，只剩下眾多的老年人口。

唉，這要怪誰呢？大概是要怪以前那些地方大老、仕紳，沒遠見、沒眼光，不懂得接受新觀念、新事物，以致錯失繁榮地方的大好機會！

安逸，是生命的安眠藥

我有個朋友的小孩，五專畢業，母親叫他趕快再念書、再學英文。可是他說：「學歷哪有什麼用？文憑無用啦！我會電腦就行了，我幹嘛要會講英文？」

如今十多年過去了，他在一家電腦公司裡上班，但他想要的職務，都無法升遷，公司也不派他出國；而他，總是埋怨公司歧視他「沒有學歷」。最後，他被裁員了！

相反地，這孩子的五專同學，家境清寒，但畢業後，卻不斷地插班大學夜間部，又到台大學分進修班上課，現在，已在新竹科學園區的電腦公司，擔任中階主管了。

人，常以自以為是的想法，來拒絕新觀念、新事物，以致使自己成為一個「拒絕鐵路的城市」，而逐漸衰微、沒落！

自尊與自大之間，相差甚微，很難區分，但是，自大之極，就是「自閉」呀！

就像，過去許多台灣人在大陸相遇時，都會相互問候：「你也來大陸啊？來玩嗎？」可是，經過不到五年的光景，台灣人在大陸相遇，問候語已經改為：

「你來找工作嗎？工作找到了沒？……」

唉，世事變化難料，光景變化之快，豈不令人唏噓？

不要死守退路，要創新找出活路

有一位企業家說：「成功的祕訣，歸納起來只有一個，就是產品、產品、產品；只有不斷地推出新產品，才能使公司永續經營。」

而我們自己，就是一個「產品」！如果我們自傲、自大，甚至自閉，拒絕外來的新知識、新挑戰，我們如何讓別人接受我們這樣的「產品」？

所以，宋朝大儒朱熹，曾寫過一首詩：

半畝方塘一鑑開，天光雲影共徘徊；
問渠哪得清如許，為有源頭活水來。

我們生命的溝渠，必須有「源頭活水」不斷注入，才會有清淨的渠水。我們生命的產品，也必須有「新花樣、新招式」，才不會自閉、自斃，而遭到淘汰！

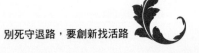

【戴老師陽光祕笈】

有一個為情所困的女孩，向母親求助說：「媽媽，兩個愛上我的男人都向我求婚了，我應該嫁給誰？」

媽媽說：「妳兩個人都不要嫁。」

「為什麼？」女兒不解地問道。

「因為，妳沒有愛上他們任何一個人呀！」

「妳怎麼知道？」

「因為，如果妳有真愛他們其中一個，妳不會來問我應該嫁給誰，妳的心，自然會告訴妳。」母親回答。

人的心，真是個奇妙的東西。有時，一顆心，意亂情迷，有時，卻是冰冷不已；有時哈得要死、瘋狂得要命，有時卻冷漠得像條死魚！相同地，有人的心一直是沮喪、挫敗，但也有人的心充滿著樂觀、自信和昂揚鬥志。

心，是主導一個人是否向前的「引擎和動力」。

有時，人為了保護自己，就開始為自己築起一道高牆，最後，竟把自己困死在裡面。就像一個「排斥新觀念、新創意、墨守成規的人或城市」一般，最後逐漸蕭條、沒落，或使自己一事無成。

所以，我們的心「不能高估自己的聰明，低估自己的愚蠢。」

有時我們自視太高、自以為是，而不願虛心接納他人建議，以致斷送大好機會；殊不知，「機會的後腦袋是禿頭、是沒有毛的，當它從你身邊經過時，若沒有立即抓住，它，一溜煙，就走了！」

因此，若沒有雅量敞開心胸，只是一直極端保守、固執，或堅持褊狹的舊思維，則往往會失去許多機會，而使自己陷入困境之中。

有句英文諺語說：「I am a slow walker, but I never walk backwards.」（我走得很慢，但是我從來不會後退）。

是的，我們的人生可以走得慢，但絕不要死守舊觀念、或走回頭路呀！

・心・靈・書・籤・

- 光有知識是不夠的，還要懂得運用；光有願望是不夠的，還要立即行動。（德國詩人　歌德）
- 要走得快，就一個人走；要走得遠，就要一起走。（南韓總統　朴槿惠）
- 人生就像騎單車，想保持平衡，就要一直往前走。（物理學家　愛因斯坦）

23 別到中年，才來補破網

● 每個人出生時，都是原創的，到後來，千萬別成為盜版的。

● 把生命用於你認為了不起的目的，這才是生命的樂趣。

（愛爾蘭劇作家　蕭伯納）

在我這個年紀，過去交往的朋友，現在大概都是四十歲左右了。這些朋友中，有人已經當上公司總經理，也有的當了立法委員、市議員；而大部分是上班族，或是當公務員。真的，每個人的造化都不一樣！

有時，我也會接到一些朋友的電話：「晨志兄，我最近手頭不方便，可不可以麻煩借個十萬元，我一、兩個月後，一定還你，我可以寫借據給你！」

有句俗話說：「只要你把錢借給別人，就不要指望他會還！」

真的，後來向我借錢的人，都未曾還過。我心知肚明，但也只能把它當成——「做個好事，幫助他度過難關吧！」

可是，仔細想，向我借錢的人，平時出手都很大方、很海派、很揮霍呀！吃，要吃名貴的大餐廳；車，音響要裝頂級的；房子，裝潢要夠氣派……所以，有人說，每個月賺「四十萬」的人，常會向每個月賺「四萬」的人借錢！

事實上，一個人要「賺五十萬元」可能不難，可是，要「存五十萬元」，卻很不容易！因為，有些人賺了錢，不懂得節流、存錢，只會亂花錢，以至於必須常向別人低頭借錢！

最近，社會上流行所謂的「現金卡」；向銀行借錢，只要快速的三十分鐘，就可以免擔保，借到一些小額的金錢。可是，我有個在銀行上班的朋友就說，他們老闆對發行「現金卡」很不以為然；因為，老闆認為，一個人要借錢，怎能不必抵押、免擔保，只憑姓名、身分證，隨便徵信一下，就可以借錢？

可是，現金卡的市場太大了，他們老闆也不得不做；不過，老闆堅持，現金卡借貸的對象，只能是「二十歲到四十歲」的客戶。

他們老闆說：「人過了四十歲，還要用現金卡來周轉，是很可憐、可悲的，最後也可能不會還，而成為呆帳，我們銀行不能把錢借給這種可悲的人！」

要懂得未雨綢繆，要有危機意識

想一想，這銀行老闆的話，也不無道理。的確，一個人到四十歲，應該是人生的黃金時期，但若手頭還沒有積蓄，必須用「現金卡」插入提款機，向銀行借個三、五、十萬，甚至向這家借、向那家也借，愈借愈多，最後債台高築、負債累累；這種不斷借貸的人生，豈不令人感慨？

「就算是檳榔西施或午夜牛郎，也必須懂得未雨綢繆、懂得為自己積蓄啊！」銀行老闆告誡員工們：**「四十歲是人生的高峰期，就像出海捕魚的漁夫，應是收網、滿船魚和蝦、滿載而歸的時候！可是，如果這時你才要去『補破網』，那絕對來不及捕魚……我不喜歡這種漁夫，也不喜歡這種客戶！」**

那銀行老闆又說：「我敢說，四十歲以上的人，還要靠現金卡借錢過日子，表示他四十歲以前的人生是浪費的——『浪費錢、浪費光陰、也不會理財，更沒有危機意識。』這種人，到了四十歲，已經定型了，不太可能改變，我們不能把借錢不還的風險，放在這種人身上！」

別到中年，才來「補破網」

在美國念書時，一教授曾對我說——一個人的年齡超過四十歲，就是「Over

the hill」；也就是，越過了人生的山頭。

的確，人生過了四十歲，在身體健康上，生理機能都已經開始走下坡；不過在事業上、生活上、金錢上，都還是要細心規劃、用心經營，讓自己逐步走上富足的高峰！絕不能人到中年，仍靠現金卡、信用卡借貸過日啊！

【戴老師陽光祕笈】

宏碁集團董事長施振榮曾說：「失敗是常態，也是過程；一個企業不可能失敗五次後，還不成功！」的確，失敗絕對有其意義，人都必須從失敗中習得教訓，也面對殘酷的事實，重新再站起來。

所以，日本「八百伴百貨」在一九九七年破產後，總裁和田一夫從一個擁有世界四百家分店、年營收約台幣一千四百億的國際大老闆，變成一無所有的「窮光蛋」，並負債約台幣五百八十億，只靠租屋過日。

但是，和田一夫在沉潛一年之後，「忘記過去，重新開始」；他在六十九歲時，成立和田經營公司，咬緊牙關，從零開始。而他也出版了《從零開始的奮鬥》一書，把自己經歷過的成功與失敗寫了出來，而廣受讀者歡迎。

事實上，如果我們一生中，沒有把「現在的錢」好好安排，也沒有妥善地計畫和運用，甚至恣意妄為、大肆揮霍，則可能只有一下子的光景，就會消失於無形、變成負債，也把「未來的錢」預先透支得精光。

每個人都必須為自己「多賺一點養老本錢」，絕不能到處用「現金卡、信用卡」亂借錢，「以卡養卡」，最後被利息壓得喘不過氣來，成為負債累累！

人，都必須「認真處理失敗」，並放棄許多不需要的支出和享受，從谷底重新爬起；而只要肯吃苦，不管在何種環境下，都可以東山再起！

曾國藩也曾說：「吾生平之長進，全在受挫、受辱之時。」

的確，只要記取挫敗的教訓，不隨便透支未來的血汗錢，則下次的出擊，將會更精準，必能再創高峰！

‧心‧靈‧書‧籤‧

● 人在失敗後，要把傷痛，轉化為「智慧與動力」。

● 當你懂得要求自己、自我嚴律時，就是成功的開始。

● 我不祈求一帆風順，只祈求每個問題發生時，有繼續面對問題的勇氣與毅力。

（前亞都麗緻大飯店董事長　嚴長壽）

24

別急於賺錢，而疏於打底

● 精於打底、求新求變，人生才能倒吃甘蔗。

● 世間最令人遺憾的是——「良習難養，惡習難改。」

有個男生大學畢業，當完兵，找到一份公務員的工作；他爸媽很高興，幫他把每個月一半的薪水，拿去「跟會」，希望他多存點錢，早日能貸款買個房子，並娶妻生子……無奈，會錢繳了一半，會頭倒了、人也跑了，所有的辛苦錢也全都泡湯了！

「賺錢、存錢」，是一件好事，可是我總覺得，三十歲以前的年輕人不能「急於賺錢，而疏於打底」，因為三十歲以前，是人生的黃金歲月，必須不斷地投資自己、不停地學習；縱使，學習和充電需要付出許多「金錢與時間」，但我們仍須選擇「放棄賺眼前小錢」，等裝備好自己之後，將來賺更多的大錢。

以前我還在專科念書時，班上有些同學的程度很好，可是，在學期間，他們就拚命打工、賺錢，同學們都好羨慕，他們好像賺了不少錢，很風光。然而，後來他們的學業成績差了，也不想再進修了；到了三十多歲、四十歲，累了、懈怠了、走下坡了，也沒什麼勁再衝刺了！

以前，我考托福四、五次，成績總是沒通過，我媽媽很心疼，就勸我：「晨志，不要再考了，隨便找個工作就好了，不要那麼辛苦、一考再考……」可是，我仍不放棄，不想賺眼前的小錢，因為我必須「打好底、打穩人生的根基，繼續進修」！

這個人生穩穩、扎實的底，不是錢，而是「將來有本事賺更多錢的技能」。

投資自己，紮穩人生根基

後來，我獲碩士回國，在電視台擔任記者，兩年後，我又想——「趁年輕、學習力尚可，也還沒有家累之前，再出國進修念博士吧！」當然，繼續當個電視記者賺名、賺錢也很好，可是，為了將來的目標，我還是必須「先捨」！

那時，很多人勸我：「小戴啊，當電視記者那麼風光，薪水那麼多，你幹嘛想不開、想辭職不幹？」

可是，我要「打底」，深深穩穩地「打人生的根基」，我要做更多的「人生投資」；我不想在三十歲前快速累積財富，我要放眼將來十年、二十年，要因著自己的知識、技能，而賺更多的大錢。

而那個「大錢」，也許是無形的，但也可能是有形的！

以前，我有個朋友說，當兵回來要繼續念研究所；可是兵當了一半，就當起爸爸了。當然，退了伍，他必須努力地賺錢、養家、養小孩，每天從早到晚拚命地上班、教補習班，賺鐘點費；而繼續念研究所的計畫，變成他「始終圓不了的夢」。

現在四十多歲的他，感嘆地說：「我以前不要『奉子成婚』就好了！現在，我有經濟壓力，只好到處接課、拚命賺錢！」

精於打底、求新求變，才能倒吃甘蔗

我也曾經在路上，看到我過去的同學，在路邊擺地攤！四十多歲了，他在念書時，不是打工、兼差，賺很多錢嗎？可是，事與願違，經濟不景氣、自己也沒有特殊的技能，公司倒了，為了家計，只好擺地攤過日。

所以，如果有一本書，教人「如何在三十歲前賺到一百萬」，這種書，可以不必太認真看！因為，三十歲以前，我們不要急於「賺小錢、存小錢」；相反地，必須捨得花錢、花時間去投資自己，不斷地再充電、再進修，讓自己擁有更多的專業知識、技術，以迎接未來二、三十年的人生挑戰。所以——

「急於賺錢、疏於打底」的人，會是先甘後苦！

「精於打底、求新求變」的人，則會是倒吃甘蔗，愈來愈覺得甘甜、美味！

【戴老師陽光祕笈】

在國內外，燦坤集團是個響叮噹的公司，創辦人吳燦坤先生有一則最令人津津樂道的經營哲學——「兩顆葡萄理論」；也就是說，即使地球明天要毀滅了，燦坤集團也要留下「研發」和「教育訓練」的葡萄種籽。

真的，研發和教育訓練，是一家公司最重要的基石；不重視研發和教育訓練，只顧賺眼前的小利，公司不會有長久的未來。個人也是一樣，如果不再投資訓練自己、不再充實自我專業，則，就可能被市場淘汰。

有一天，我在一場合巧遇未曾謀面的吳燦坤先生；他理個平頭、濃眉、配上金絲邊眼鏡，前往一行銷學教授的辦公室虛心請教。我真是感動，這麼有名的企業家，竟謙卑地移樽就教；而吳先生，原本只念五專夜間部，但後來的他，進入台大就讀EMBA，不停地充實自己的專業知識。

我也認識一位女保險顧問，她為了讓自己有「與總裁、總經理對話的能力」，她花了錢主修財稅、信託、法律、會計、心理學、醫學……等相關知識。她花在自我訓練的經費，超過一百萬，然而，**她，也成為頂尖的壽險顧問，她的客戶都是科技公司的高階經理、醫師、律師、教授、立委……您知道嗎，投資百萬訓練**

自己的回報，是使她的年薪接近千萬元。

因此，「眼光短淺、急賺眼前的小錢」，絕對不是我們生命中最優先的順序；「打穩根基、充實專業、再求創新」，才會讓自己有更加穩固的基礎，去賺取更多的大錢。

・心・靈・書・籤・

- 把自己最喜歡的事當作職業，這是我非常引以為傲的事。我覺得我是世界上最幸福的人。

（旅日棒球名人　王貞治）

- 一個人最大的成功，就是有大量的時間，來做自己喜歡做的事。

（美國女歌唱家　萊昂蒂尼·普萊斯）

- 「青春」就是──精神上永保年輕，永遠充滿信念與希望。

（日本松下電器創辦人　松下幸之助）

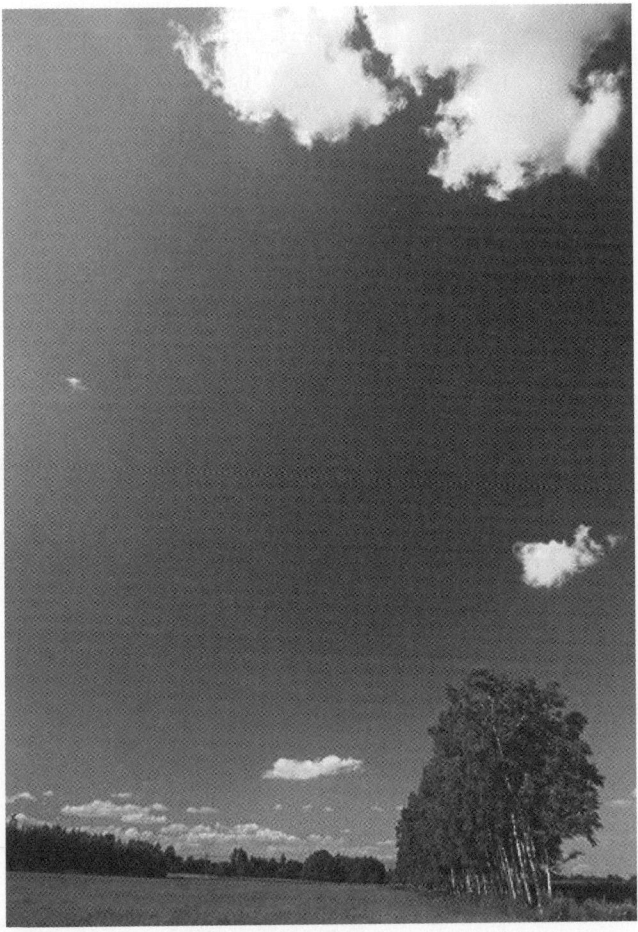

Master

高手作家戴晨志

讓你天天開心，洋溢喜樂的香水！

愛，讓孩子更優秀

培養孩子的大能力

◎定價230元

壯大自己，讓人看得起

激勵人心的故事精選

◎定價 230 元

一生難忘的感動

動人心弦的故事精選

◎定價230元

把嘲笑當激勵

忍住怒氣，迎向勝利

◎定價230元

機會，就在行動裡

讓你揚眉吐氣、逆勢翻紅

◎定價230元

自信，舞台就是你的

一生要 Win 得漂亮

◎定價230元

力量來自渴望

最壞的時代，最好的自己

◎定價250元

微笑吧，快樂就有希望

75 則受用一生的快樂秘訣

◎定價260元

戴晨志作品CLF0040

受用一生的陽光態度

作者—戴晨志
主編—林芳如
責任編輯—謝翠鈺
執行企劃—林倩聿
封面設計—陳文德
版式設計—賴佳韋 林樂娟
內頁排版—林樂娟
圖片提供—劉佩諭

總編輯—余宜芳
董事長—趙政岷
出版者—時報文化出版企業股份有限公司
108019台北市和平西路三段二四〇號四樓
發行專線—（〇二）二三〇六六八四二
讀者服務專線—〇八〇〇二三一七〇五（〇二）二三〇四七一〇三
讀者服務傳真—（〇二）二三〇四六八五八
郵撥—一九三四四七二四時報文化出版公司
信箱—一〇八九九臺北華江橋郵局第九九信箱

時報悅讀網—http://www.readingtimes.com.tw
法律顧問—理律法律事務所 陳長文律師、李念祖律師
印刷—廣鑫印刷有限公司
初版一刷—二〇一四年一月十七日
初版四刷—二〇二〇年十月二十九日
定價—新臺幣二六〇元

時報文化出版公司成立於一九七五年，並於一九九九年股票上櫃公開發行，於二〇〇八年脫離中時集團非屬旺中，以「尊重智慧與創意的文化事業」為信念。

受用一生的陽光態度 / 戴晨志作.
--初版. --臺北市：時報文化，2014.01
面； 公分. --(戴晨志作品; 40)
ISBN 978-957-13-5879-6（平裝）

855　　102026050

ISBN 978-957-13-5879-6
Printed in Taiwan